LOUVE

Aux louves, où qu'elles soient…
Et à celle qui a cru en moi.

24-32, rue des Amandiers, 75020 Paris – France

Loi n° 49-956 du 16 juillet 1949 sur les publications destinées à la jeunesse,
modifiée par la loi n° 2011-525 du 17 mai 2011.

Mise en pages : Nord Compo
Correction : Catherine Rigal ; Karine Afchain
Couverture : Patrick Connan

Dépôt légal : juin 2022 – Imprimé en République Tchèque.
Printed in Czech Republic.

Produit conçu et fabriqué sous système de management
de la qualité certifié AFAQ ISO 9001.

FSC
www.fsc.org
MIXTE
Papier issu de
sources responsables
FSC® C014138

PASCAL BRISSY

LOUVE

AUZOU

RÉVEIL

Un jour après la pleine lune

Le froid.

Cette sensation s'installe toujours au réveil.

Ambre est recroquevillée sur le sol. Elle vérifie si elle peut bouger sans risque. Les chaînes de ses poignets glissent sur son flanc et elle faufile ses mains au travers des anneaux pour se libérer de leur étreinte. La jeune fille s'agenouille. Elle passe les doigts dans le collier de fer qui lui enserre le cou et grimace. L'odeur qui flotte dans la pièce lui donne un haut-le-cœur. Puanteur animale…

La semi-obscurité ne l'empêche en rien d'inspecter sa cellule. Les murs de plâtre sont labourés de sillons plus ou moins profonds et un vieux plaid à carreaux écossais rouge et noir n'a pas résisté à une nuit supplémentaire. Ses yeux se posent sur les chiffres au sol. Elle rassemble ses esprits et se glisse jusqu'à la plaque de métal grise. La chaîne de son cou se tend au maximum. Malgré ses ongles rongés, elle exécute la combinaison avec une précision d'horloger.

La trappe s'ouvre dans un déclic. Ambre y passe la main et un autre déclic, celui d'une petite clé, la libère bientôt du collier. Le bruit des chaînes cesse. La jeune fille se lève d'un bond et gagne un coin de la pièce jusqu'alors inaccessible. Elle fait tourner au maximum le robinet d'eau chaude. Puis elle allume un néon pour plonger ses yeux dans un miroir terni.

D'un geste encore ankylosé, elle ouvre le placard sous le lavabo. Ses affaires y sont rassemblées ; sous-vêtements, jean et pull attendent pliés sur une chaise près de la porte. Malgré une certaine réticence, Ambre doit se rendre à l'évidence : avoir seize ans nécessite qu'on se livre à un minimum de préparation avant d'aller au lycée.

Un coup long, deux courts, un long…

Sa toilette terminée, Ambre frappe du poing sur la porte métallique. La lumière de l'œilleton éclaire l'élastique qui retient désormais ses cheveux auburn en une queue-de-cheval très haute. Un cliquetis résonne dans la serrure et la porte s'ouvre avec un petit grincement, le genre de grincement à vous hérisser le poil, idéal pour entamer la journée de mauvaise humeur.

Les deux tubes d'un fusil à canons superposés s'invitent dans la pièce. Ambre pousse la porte pour sortir de cellule, ignorant l'arme et dépassant le geôlier :

— Salut, Tal.

Elle se faufile aussitôt entre les livres entassés en colonnes. C'est la première chose à affronter lorsqu'on pénètre dans la maison de Talbert Montaigne. Sa bibliothèque cannibalise le moindre espace vital. Neufs ou anciens, les livres adoptent toutes les configurations géométriques possibles, jusqu'à parfois se métamorphoser en chaise ou en meuble d'appoint.

Du pouce, le vieil homme rabat les deux chiens de son fusil. Il pose l'arme contre le mur de la cellule et inspecte les lieux d'un coup d'œil rapide. Comme à chaque fois, une séance de nettoyage ne sera pas du luxe.

Sans dire un mot, il emprunte un itinéraire différent pour rejoindre Ambre. Il la retrouve installée à la table de la cuisine, occupée à dévorer un bol de muesli. Talbert rattrape au vol une boîte de céréales avide d'expérimenter les lois de la pesanteur en abandonnant son perchoir d'encyclopédies. Ses mains de bûcheron se referment en étau sur l'emballage. Il ne quitte pas des yeux son invitée. Ambre croise enfin son regard.

La jeune fille étudie les rides pareilles au tracé d'une voie ferrée sur le visage de son grand-père. Ses cheveux poivre et sel décoiffés et ses yeux cernés confirment sa première impression :

— J'ai pas été très sage, hein ?

— Pas tellement…

La voix de Talbert résonne d'un ton mi-las, mi-ironique.

— Tu devrais mettre une écharpe pour cacher ça ! ajoute-t-il en pointant du doigt le cou d'Ambre, où un vilain bleu s'est invité par la faute du collier.

Elle lui sert un bol de café en acquiesçant. Mais il a déjà replongé le nez dans un livre d'anatomie. Sa petite-fille marmonne alors, contrariée par une bouche pleine de muesli :

— J'espère qu'ils ne t'ont pas prévu d'exercices pratiques dans le dernier chapitre ! Papa et maman n'apprécieraient pas de me récupérer en plusieurs morceaux…

Talbert sourit. Les petits-déjeuners avec Ambre sont rarement des moments de poésie.

Le 4×4 gris de Talbert quitte les bois pour dépasser le panneau « Bienvenue à Tilsville », où le dessin d'un élan coiffé d'un bonnet de Santa Claus semble vous chanter la phrase d'accueil.

Tilsville, petite bourgade du nord du Canada : ses joyeux habitants, sa mairie et son maire encore plus joyeux – comme si c'était possible –, son cimetière – beaucoup moins joyeux pour le coup –, ses écoles, son lycée – où Ambre entame sa première année.

Géniaaaaal ! songe-t-elle en bâillant.

La voiture s'arrête à deux cents mètres du lycée comme convenu. Ambre saisit son sac :

— Allez, rendez-vous dans un mois pour notre soirée pyjama ! dit-elle avec ironie. Passe une bonne journée !

Son grand-père toussote pour l'interpeller. Elle claque la portière pour lui répondre à travers la vitre abaissée, avec une moue boudeuse :

— OK, récapitulons : on a joué aux échecs toute la soirée, bien entendu, je t'ai mis une raclée… et, comme d'habitude, tu t'es endormi au milieu de la deuxième partie !

Ambre fait mine de réfléchir :

— Soupe aux poireaux pour le repas, ça te va ? Je dois garder la ligne !

Talbert esquisse malgré lui son deuxième sourire de la matinée. Il ajuste son bonnet rouge au ras de ses sourcils épais et, en remontant la vitre côté passager, se contente de son habituel :

— Fais attention à toi, fillette ! Si tu as besoin, appelle…

Les pneus crissent sur le goudron détrempé de cette fichue pluie d'octobre dont le seul but est de transpercer le barrage de vos vêtements pour couler le long de votre nuque. Les lettres jaunes « Talbert Montaigne – Arbres et espaces verts » s'envolent au coin de la rue, le 4×4 tourne à gauche dans une embardée.

*

Giuseppe Garibaldi, lui, attend à cinquante pas du lycée Lafayette. Il a compté avec soin. L'élève de première année est toujours très attentif aux détails, et s'il y a bien un détail à ne pas négliger, c'est Victor Helm.

— Bouge de là, têtard !

L'ordre de Helm est sans appel et le géant blond, meilleur marqueur de La Crosse des deuxièmes années de Lafayette, toise sa cible avec le mépris d'un boxeur poids lourd face à un poids mouche. Gus aimerait disparaître, Ambre le devine tout de suite lorsqu'elle le voit s'écarter sans broncher pour laisser s'éteindre derrière lui un flot de railleries supplémentaires.

— Salut! lance Ambre en se hâtant de le rejoindre pour détourner l'attention du groupe.

Helm est encadré par sa bande de lèche-bottes habituels. Ambre les connaît par cœur. La plupart de leurs parents bossent pour Helm père, patron du fleuron industriel de Tilsville, une fabrique de gants de deux cents employés. Alors, Helm fils, redoublant acharné puisqu'il devrait être en dernière année, s'octroie quelques passe-droits, dont celui de dicter sa loi.

— Laisse tomber, il y a pas plus débiles que ces types! marmonne Ambre en tirant par le poignet celui qu'elle surnomme Gus – alias Giuseppe – pour un slalom rapide dans l'entrée du lycée.

— Si seulement sa tante l'avait gardé à Londres l'été dernier. Elle aurait pu l'exposer au British Museum! peste-t-il dans son sillage.

La jeune fille pouffe. Elle et Gus sont amis depuis l'école primaire, et elle sait qu'il a depuis toujours horreur d'attirer l'attention. Il a d'ailleurs mis au point une méthode imparable pour écarter les parasites du genre de Helm. D'après lui, pour ça, il suffit de rester invisible. Ne pas se faire remarquer est ainsi chez lui un principe de vie: pas de vêtements de marque, pas de montre, pas de scooter ou de conduite accompagnée, pas de notes trop élevées ou trop basses, et surtout, jamais de questions pendant les cours… Rester invisible jusqu'à devenir un paramètre sans importance résume, pour lui, le secret d'une vie paisible.

Ambre emprunte volontiers sa technique de temps en temps, surtout lorsque ça lui épargne des explications compliquées. En général, elle évite de s'attarder avec les filles de son âge : trop de questions à la clé, trop collantes, trop de trucs à gérer, trop, trop, trop…

Mais là, j'avoue que je me serais bien défoulée en remettant Helm à sa place, pense-t-elle.

Gus sort son livre de sciences de son casier pour le premier cours de la matinée avec l'apathique M. Flow, mais, lorsqu'il tourne la tête, son amie a déjà été avalée par un groupe d'élèves.

Tiens… Qu'est-ce qui lui a pris ? se demande-t-il.

Sérieux ! songe Ambre dix mètres plus loin. *Encore lui !? Ce type commence vraiment à m'agacer… il est toujours sur ma route ! Foutu Gabriel Stevenson, ce mec débarque un matin avec sa mèche brune, ses yeux vert émeraude, et son air rebelle à deux balles… Sourire indélébile, piercing au-dessus du sourcil gauche et look travaillé* « old school ». *Ouais, tu te la racontes pas du tout…*

L'adolescente a appris que ce garçon venait d'arriver dans la région avec sa mère, embauchée comme serveuse chez Rex, un pub du centre-ville. Et depuis, elle le voit partout...

— Bon, arrête, tu te fais des idées, ma vieille. Ça s'appelle le hasard ! s'autopersuade-t-elle à voix basse.

Mais il y a un truc bizarre avec lui, c'est sûr... Pourquoi il ne traîne pas avec Helm ?

Non, Stevenson semble préférer se rapprocher des « invisibles », en vous servant la totale avec son fameux sourire digne d'une publicité pour dentifrice.

Bang ! Absorbée par ses pensées, Ambre percute M. Flow de plein fouet et rebondit contre sa pile de cahiers pour atterrir sur les fesses au milieu du couloir.

— Tout va bien, mademoiselle Montaigne ? s'inquiète le professeur en l'aidant à se relever.

— Euh, oui, oui, désolée, rougit-elle en ramassant ses affaires.

Pour le côté « invisible », c'est raté ! Une vingtaine de paires d'yeux sont scotchées sur elle et on entend glousser jusque dans la classe.

— Attends, je vais t'aider !

Gabriel apparaît d'un coup, comme le sauveur providentiel de cette noyade dans l'océan du ridicule. S'il avait pu lire dans les pensées de l'adolescente, il aurait peut-être fait marche arrière : *Non mais je rêve !*

*

La journée se déroule sans autre contrariété. Ambre a remercié Gabriel avant de déployer toutes les stratégies possibles pour rester à bonne distance. Pendant l'heure de sport, elle en a profité pour récupérer son étiquette d'« invisibilité » façon Gus. S'il vaut mieux ne pas se faire remarquer, pour elle, c'est surtout vrai dans ce cas précis. Un conseil de son grand-père lorsqu'elle a découvert que sa particularité modifiait ses sens…

Son ouïe, sa vue, son odorat sont devenus plus fins, plus subtils, sa course s'est faite plus rapide. Pas de quoi la transformer en super-héroïne de comics, mais c'est suffisant pour paraître anormale…

— À demain, rendez-vous sur le chat si tu galères pour l'exo de maths ! lâche Gus avec un signe tout en regardant passer une deuxième voiture de police, gyrophare et sirène allumés.

Ambre est elle aussi intriguée par ces va-et-vient policiers. Tilsville a droit à sa petite délinquance locale, qui se limite en général à du tapage et à des dégradations…

Elle devient encore plus perplexe une fois arrivée chez elle, en découvrant le petit mot collé sur la porte du réfrigérateur :

Rappelle ton grand-père, tu as oublié des affaires…
À ce soir,
Maman

Il existe des sujets tabous, des choses dont on ne parle jamais et sous aucun prétexte. Les secrets de famille font partie intégrante de cette catégorie. On ne les aborde qu'en cas d'absolue nécessité, même si, parfois, on aimerait crier sa détresse à la face du monde. Son secret, Ambre Montaigne ne le partage qu'avec son grand-père.

La jeune fille fonce vers le téléphone en massant son cou endolori. La voix de Talbert résonne d'un ton glacial quelques minutes plus tard :

— Gamine, il y a un souci. Ça risque de saigner…

PIÈGE

Pleine lune

Les muscles de la bête sont contractés, l'animal est prêt à bondir. La chaîne subit un nouvel assaut tandis qu'elle tente de se dresser, crocs dehors, hors d'elle. Elle se poste sur ses pattes arrière et roule la tête contre son pelage roux.

Sa silhouette n'a qu'un très vague rapport avec celle d'une humaine, et peut-être encore moins avec celle d'une louve. Les membres postérieurs sont nettement plus puissants ; ses griffes, démesurées. Son dos est arrondi, presque voûté, avec un cou relativement large. Le museau est retroussé, comme ses babines en ce moment précis. Les crocs se chevauchent pêle-mêle, pareils à ceux d'un requin, et les oreilles rabattues vers l'arrière ne font que souligner l'aspect sournois de ce spécimen aux yeux dorés.

Une faim obsessionnelle la ronge. Elle lui tenaille le ventre encore plus qu'à l'accoutumée.

Il est là, si près.

Elle reconnaît son odeur. Celle du gibier.

La femelle se souvient. Cette odeur filtre d'habitude sous une porte. Il y a aussi des bruits familiers.

Il est là, à chaque fois, à chaque moment, mais cette fois, il se montre enfin.

Le gibier est si près, presque à portée.

Elle tire sur la chaîne, encore et encore. Ce nouvel élément la perturbe, pas le gibier, mais la cage aux barreaux d'acier dans laquelle elle se trouve.

Le cœur de Talbert se serre plus fort quand l'animal pousse un cri. Ce cri du loup qui fige tout mouvement lorsqu'on l'entend percer la nuit. Le vieil homme essaie de ne plus trembler. Bon Dieu, que c'est difficile !

Un mois plus tôt, un drame est survenu à Tilsville. Talbert a immédiatement analysé la chose comme un problème majeur dans leurs vies jusqu'alors sous contrôle.

— J'ai trouvé un corps, a-t-il confié à Ambre. Un certain David B. Star… un randonneur qui faisait un trek en solitaire dans la région.

— Où tu l'as découvert ?

— En forêt, à deux kilomètres à l'est de la maison, a répondu Talbert, que beaucoup surnomment « l'homme des bois ». C'était pendant une patrouille de gardes forestiers volontaires. Je ne sais pas… C'est comme si j'avais senti qu'un truc clochait après ta dernière visite.

La police a d'abord pensé à un homicide, mais elle s'est vite concentrée sur la piste d'une bête sauvage.

— Ils ont organisé des battues et un ours brun en a fait les frais, a expliqué Talbert à sa petite-fille quelques jours plus tard.

— C'est triste, mais je ne vois pas où est le problème, a répliqué Ambre.

— Le problème ?

Talbert avait pâli avant d'agiter l'un de ses bouquins comme une bible pendant l'Inquisition.

— Des cadavres d'animaux affreusement mutilés ont rapidement été découverts dans le même périmètre, avec des signes qui ne trompent pas. Cette histoire ne peut révéler qu'une chose… Soit tu as trouvé le moyen de filer à l'anglaise pendant la dernière pleine lune, ce qui est matériellement impossible, soit tu as de la concurrence !

À son tour, Ambre est devenue blême.

À ce sujet, les renseignements de Talbert sont formels : ces bêtes n'agissent ni en clan ni en meute, et elles sont prêtes à combattre jusqu'à la mort pour la suprématie sur un territoire, ivres d'une pleine lune qui les rend folles furieuses.

Talbert vérifie les cartouches de son arme. Il fait fi des légendes urbaines, les balles d'argent ne sont qu'une ânerie supplémentaire au panthéon des superstitions. En réalité, la seule chose identifiée comme extrêmement nocive pour son adversaire est présente un peu partout... la rouille!

Elle agit plus violemment qu'un venin d'aspic, une sorte de tétanos accéléré qui attaque le métabolisme de ces bêtes à une vitesse stupéfiante. La survie est difficile, mais la mort est horrible. Le patriarche des Montaigne a déjà assisté à l'extinction d'un spécimen. Son cœur s'est éteint cette nuit-là. Oui, les regrets sont comme la rouille qui ronge les cartouches calibre 16 d'un fusil de chasse, ils s'installent partout sans y être invités.

L'homme soulève sa lampe-tempête pour examiner le train avant de son 4×4. Il pousse un flot de jurons à même de faire frémir d'horreur le chanteur d'un groupe de black metal. L'essieu du véhicule touche presque le sol et les deux roues disparaissent, ensevelies sous une boue verdâtre.

Il déplie nerveusement la carte glissée dans la poche de son coupe-vent militaire pour l'étaler sur le capot et vérifier la zone délimitée en pointillé. Ils ont à peine parcouru cinq kilomètres au nord de sa maison, elle-même plantée en forêt à huit kilomètres de Tilsville. Si Talbert a vu juste, l'ennemi cherche à agrandir son terrain de chasse et, pour ça, il va devoir faire le ménage. Ce qui signifie supprimer tous ses rivaux potentiels…

L'arrière du 4×4 hoquette violemment. Sa passagère apprécie de moins en moins l'étroitesse de sa cage. Talbert ravale un nouveau blasphème. Elle va finir par se blesser.

— J'aurais pas dû t'écouter ! Je savais que c'était n'importe quoi…

Le vieil homme ouvre la portière de droite pour sortir le reste du matériel. Le plan initial devait les conduire à l'endroit où il a découvert le corps du randonneur… Se servir d'un appât est un pari risqué ! Talbert en a les tripes retournées. C'est Ambre qui a eu cette foutue idée pour s'assurer de l'existence d'un autre « animal »… Une mesure extrême et trop précipitée au goût de son grand-père, même si tous les ouvrages qu'il a consultés sur le sujet ont achevé de le convaincre. Les conflits de territoire sont rares, mais toujours mortels : chasser ou être chassé !

Il faut qu'il approche, qu'il approche juste un peu.

La chaîne rappelle la bête à sa triste condition. Ses crocs se referment à quelques centimètres du gibier. Cette prison la rend folle. Elle se jette de tout son poids contre les barreaux pour tenter de faire basculer sa cage et recommence à grogner sans trouver la faille recherchée. Le gibier la nargue. Son odeur devient insoutenable. Ce parfum de viande fraîche, dont elle ne ferait qu'une bouchée avant de partir jouer avec d'autres proies…

Depuis quelques minutes, la soif de liberté s'est ajoutée à la faim. Les bois semblent si vastes, si attirants. Ils regorgent de possibilités dont le vent lui murmure des indices. Soudain, elle arrête de tourner dans la cage et pousse de petits gémissements plaintifs.

Talbert a beau avoir l'apparence d'un colosse élevé en plein air, à l'intérieur, tous les morceaux sont à recoller.

— Ne joue pas ce jeu-là avec moi, ça ne marche pas! la défie-t-il pourtant.

Les plaintes se font plus fortes, mais l'homme poursuit sa tâche sans lever la tête. Il plante la pique dans la viande et fait passer le jarret de biche entre les barreaux. Ça l'apaisera un peu, il faut l'espérer.

La bête se précipite pour broyer le tout dans ses mâchoires, faisant fi de la dose de calmants fourrée entre les os.

Il y a peut-être une occasion…

Talbert sent la perche lui échapper. Il la lâche. La bête a entraîné d'un coup sa pitance au fond de la cage pour réduire la distance qui la sépare de son geôlier.

— Désolé, ma belle, je ne suis pas comestible ! gronde-t-il en fixant les velcros de sa capuche.

Un crachin se met à tomber. C'est bien le premier élément positif de la soirée. La pluie fera remonter les odeurs de feuilles et d'humus. Le chasseur termine de couvrir la peau de son visage avec la glaise qui bloque son véhicule. Il escalade le talus bordant le chemin et vide devant lui un sac-poubelle plein de boîtes de conserve usagées. Il les dispose rapidement en cercles plus ou moins concentriques, dissimulant à peine leurs arêtes rouillées avec des feuilles mortes. Le piège une fois refermé sur lui-même, Talbert se cale au pied d'un arbre. Il éteint sa lampe-tempête et déplie silencieusement une couverture de camouflage qu'il possède depuis son service militaire, afin de disparaître complètement du paysage. Puis il vérifie la position armée de son bras et glisse l'index sur la détente de son fusil. Les phares du 4×4 sont allumés de sorte qu'on puisse croire à un accident. Tout le dispositif est désormais en place.

Sans le savoir, l'appât joue son rôle à la perfection, un peu comme un aimant attirant l'autre pour mieux le repousser. L'animal hurle pour rendre un hommage dévoué à la pleine lune.

Il ne reste plus qu'à attendre et à prier pour que Talbert se trompe. Il continue de l'espérer, même si la probabilité est faible. L'espoir, toujours, c'est ce qui le rattache à ce semblant de vie. Cet espoir qui lui permet d'imaginer qu'elle s'en sortira un jour. Il ne sait pas comment, mais il trouvera.

La bête hurle encore, hurle plus fort. Mais cette fois, le cri ne vient pas de la cage…

DEVOIRS

Trois jours après la pleine lune

— Mademoiselle Montaigne ? Mademoiselle ?

Un coup de coude de Gus ramène Ambre à la réalité. Elle est encore plongée dans un enchaînement de déductions. Trois jours que ça dure, le temps d'une pleine lune ou presque. La vraie pleine lune ne dure en réalité qu'un peu plus de quatorze heures… La lycéenne est très calée sur le sujet. Ambre cligne des yeux, comme si elle passait de l'obscurité d'une forêt à la lumière d'une salle de classe. Elle jurerait sentir une odeur d'humus dans la pièce…

M. Flow repousse du doigt ses lunettes en écaille qui s'entêtent à glisser sur son nez comme sur une pente de saut à ski. Le professeur de sciences porte l'un de ses éternels costumes en tweed marron. La couleur des pièces cousues aux coudes permet aux élèves d'identifier le jour de la semaine avec certitude. Ce costume découpe sa taille d'échalas comme une peinture au couteau et la tonsure de son crâne en forme d'œuf ajoute la dernière touche à un profil de corbeau.

— Si vous êtes de retour parmi nous, mademoiselle, peut-être pourriez-vous m'accorder un peu de temps pour me répondre ? Ou devons-nous convenir d'un rendez-vous ?

M. Flow ne manque pas de répartie, malgré la monotonie de ses cours. Un aspect de sa personnalité qui contraste avec son apparence.

Toute la classe pouffe pendant que le visage d'Ambre adopte la couleur d'une tomate confite.

— Ambre est dans mon groupe !

Une voix au fond de la salle s'est invitée dans l'échange sans crier gare, coupant net l'élan du professeur.

Archibald Flow se tourne vers son nouvel interlocuteur :

— Monsieur Stevenson ? Mmm… Et peut-on connaître le thème de vos travaux qui, j'en suis sûr, permettront à la science de progresser d'un pas de géant ?

Les ricanements redoublent d'intensité. Giuseppe intervient à son tour. Pas question de laisser le « nouveau » jouer le rôle du chevalier blanc !

— La photosynthèse, déclare-t-il tout en souriant à sa voisine pour l'inviter à développer.

— Oui, la photo… synthèse avec Gus et… Gabriel…, répète la jeune fille, qui n'a toujours pas trouvé de trou de souris à sa taille.

M. Flow ne se laisse guère désarçonner par le trio qui vient de se former sous son nez pour les travaux de fin de trimestre.

— Très bien, nous sommes impatients de découvrir votre chef-d'œuvre ! poursuit-il, placide.

Puis le professeur trouve tout de suite une autre cible :

— Et vous, mademoiselle Fields ? Quel est le sujet qui doit vous hisser parmi les étoiles de la communauté scientifique de ce pays ?

*

Non mais, pour qui il se prend ?

Ambre serre les poings jusqu'à ce que les jointures de ses phalanges virent au blanc. Elle brûle d'envie de leur redonner leur couleur d'origine en les écrasant sur le visage de Gabriel :

— On fait ça chez toi ou chez Giuseppe ? demande celui-ci sans s'en inquiéter.

— Et pourquoi pas chez toi ? réplique le dernier membre du trio improvisé.

— On serait trop à l'étroit, répond Gabriel d'un ton évasif, et je trouve la bibliothèque assez impersonnelle pour bosser.

— Chez moi, vendredi après les cours, conclut l'adolescente.

Elle tourne aussitôt le dos aux garçons, sans soupçonner que leurs yeux s'attardent sur les courbes de son jean, ce qui leur vaudrait une mise à mort immédiate. Tout en s'éloignant, elle se demande si elle n'aurait pas mieux fait de rejoindre le groupe de travail d'un type du genre Helm, qui a marqué les esprits il y a deux ans avec son essai de fabrication d'un gaz lacrymogène à partir de pelures d'oignon. Résultat garanti, et sorties précipitées de toutes les classes de sciences de l'époque !

— « Ambre est dans mon groupe » ! se remet-elle à marmonner en prenant le chemin de la pharmacie familiale. Non mais je rêve !

*

— Voici. Il vous faut autre chose, Miss Granger ?

La vieille dame sourit. Son visage, aussi lisse qu'une pâte de fruits à l'orange, quasi de la même couleur, semble ignorer l'approche de soixante-dix printemps.

— Non, ça ira. C'est juste un gros rhume, mon Todd en a vu d'autres, vous savez !

L'épicière ouvre son parapluie dans l'entrée de la pharmacie sans se soucier des superstitions de bigotes. Elle remercie la pharmacienne d'un petit signe amical de la main et repart. Il ne pleut pas cet après-midi, mais Victoria se garde de lui en faire la remarque :

— À bientôt, Miss Granger ! dit-elle avant de replonger dans la comptabilité des vaccins reçus lors de la dernière livraison.

Même dans cette tâche aussi banale qu'inintéressante, Victoria Montaigne affiche une grâce naturelle. La moue délicieuse qu'elle arbore lorsqu'elle contrôle une broutille pourrait faire fondre n'importe qui. Et lorsqu'elle vous parle en jouant avec une mèche de ses cheveux blonds, en plantant ses yeux bleu glacier sur vous avec un minimum de considération, c'est inutile de lutter. On la décrit aussi comme une femme de caractère. Sans doute une marque de famille, puisqu'elle a gardé son nom de jeune fille.

La porte de la pharmacie fait de nouveau tinter son carillon. Victoria ne se retourne pas et délivre ses instructions presque mécaniquement :

— Tes clés sont sur la table de l'arrière-boutique ! Tu devrais les ranger dans ton sac pour éviter de les oublier…

Sinon, tu trouveras ce qu'il te faut dans le réfrigérateur pour ce soir. Nous allons au cinéma avec ton père, et nous poursuivrons peut-être par un dîner au restaurant…

L'absence de réponse incite Victoria à poser son regard sur sa fille et à tenter de communiquer plus avant :

— Mauvaise journée ?

— Bof !

— À ce point ?

Ambre n'a aucune envie de s'étendre sur le sujet. Elle traverse la pharmacie, lieu rangé au millimètre près, et s'empare d'un paquet de bonbons au miel sur un présentoir.

— Tu t'y connais en photosynthèse, par hasard ?

— Ton père va s'arracher les cheveux si tu continues de piocher dans ses stocks ! fait remarquer sa mère avant de répondre : Je dois avoir un vieux bouquin, je regarderai ça demain matin…

— C'est pour vendredi, Gus et Gabriel viendront à la maison après les cours. On doit bosser un truc en sciences.

— Gabriel ?

Sa fille répond par un haussement d'épaules. Elle repart, clés en main, décidée à éviter un interrogatoire en règle.

— À demain, bonne soirée, les tourtereaux !

— Tu es certaine que ça va aller ? Tu veux que je demande à grand-père de…

La voix de Victoria s'éteint, étouffée par le carillon et la porte qui se referme. Ambre ajuste le volume de son smartphone. Les idées noires la rattrapent pendant qu'elle rentre chez elle :

En existe-t-il vraiment d'autres ?

Si c'est le cas :

Pourquoi ne pas s'unir pour tenter de chercher un remède au problème ?

Peut-être que d'autres personnes détiennent des informations que Tal ignore ?

Peut-être que l'autre bête n'a aucune mauvaise intention envers elle ?

Les scénarios se bousculent dans sa tête. Elle essaie de se rappeler sa dernière transformation. Ça serait tellement plus simple si la lune n'agissait pas comme un rouleau compresseur dans ses souvenirs.

L'adolescente jette son sac sur son lit et envoie valser sa paire de Converse rouges près de son bureau. Elle s'écroule dans un vieux fauteuil en velours à peine plus fatigué qu'elle et y reste figée quelques minutes avant d'opter pour un bain brûlant, avec à la clé le nouveau record du monde de mousse parfumée qui lui fera oublier toutes les odeurs qui se rappellent à elle sans cesse.

*

De l'autre côté de la ville, Gabriel regarde une cigarette se consumer sur le sol. Il repense à la promesse faite à sa mère quelques jours plus tôt : *Plus de bêtises, ça commence par plus de cigarettes !* Elle a raison. L'élan dessiné sur le panneau d'accueil de la ville pourrait aussi bien lui chanter : « Bienvenue à Tilsville, mon gars ! Yooo ! Tu repars à zéro ! »

Le garçon remonte le col d'un caban bleu passé et tourne dans la rue suivante. Après un rapide coup d'œil circulaire, il grimpe deux à deux les marches du bâtiment et pousse la porte à double battant pour se glisser à l'intérieur, tête baissée.

Les locaux de la police locale sont vétustes, mais entretenus. Des avis de recherche tapissent les murs, camouflant habilement la peinture autrefois jaune poussin. Les visages affichés pêle-mêle cèdent parfois la place aux feuillets rose et bleu des parutions municipales ou, dès qu'on approche des bureaux, à des photos prises entre collègues qui font office de félicitations lors d'affaires élucidées. Un homme, dont la tenue masque mal le manque d'exercice, apostrophe le nouvel arrivant :

— J'ai bien cru que tu ne viendrais pas. T'es en retard d'une demi-heure, mon garçon !

Gabriel présente ses excuses. Il a été retenu par son professeur de sciences pour d'obscures raisons liées au programme des premières années du lycée. Le policier le dévisage avec un rictus qui en dit long sur la considération qu'il porte au jeune homme. Un de ses collègues se mêle de la discussion :

— Laisse donc, Harold, tu vois bien qu'il ne l'a pas fait exprès. Il signe le cahier et il va nous promettre de tenir ses petites fesses à l'écart du moindre truc pas net en ville, pas vrai ?

Le méchant flic et le gentil, Gabriel songe qu'ils auraient pu trouver plus original. C'est déjà la troisième fois qu'on lui sert ce numéro depuis qu'il vient pointer au commissariat. Inutile de préciser qu'il a hâte de tourner la page ! Il lui reste trois mois avant de laisser définitivement derrière lui cette histoire… Pff ! Tout ça pour s'offrir une console à laquelle il ne joue même pas !

— Signe dans la case à côté de ton nom… et fais attention à ne pas déborder !

Gabriel obtempère sans broncher. Il remercie les deux hommes d'un signe de tête faussement impressionné et disparaît au coin de la rue plus vite qu'un courant d'air. Cette ville, il la connaît déjà par cœur. Son ciel gris ciment qui rase les toits même quand les nuages sont absents. Cette impression de torpeur alimentée par des gens moites, toujours en demi-teinte dans leur comportement. Aucune franchise, ici. Il le sent à chaque respiration.

Sauf…

Il repense à cette fille, Ambre.

*

T'es là ?

Oui.

Tu fais quoi ?

Je te réponds…

Très drôle !

Ambre sourit. Ses doigts abandonnent son sandwich pour repartir sur le clavier de l'ordinateur.

Je mange un morceau et je vais regarder une ou deux séries, et toi ?

À l'autre bout du chat, Gus réfléchit un bref instant à sa réponse.

Rien de spécial, comme d'hab !

Le garçon se mord la lèvre de ne pas avoir le cran de développer.

Au fait, j'ai vu passer ton grand-père tout à l'heure. Il est entré chez Rex !

Ah ouais ?

Ambre est heureuse d'apprendre que Tal s'autorise quelques incartades dans sa vie en apparence si austère. Un verre chez Rex… Elle imagine en gloussant son grand-père en train de se saouler au bar avant de draguer la serveuse comme un gros lourdaud.

Très vite, elle chasse cette vision de son esprit avec une grimace.

Bon, je vais couper, bonne nuit Gus !

Son ami a envie de répliquer « Rêve de moi ! », mais, comme d'habitude, il se contente d'un désespérant :

Ciao à demain !

La jeune fille augmente le volume du téléviseur de sa chambre pour créer une présence. Ses parents viennent de lui envoyer un SMS. Ils prolongent leur soirée au restaurant, comme prévu. Si ça se trouve, ils croiseront son grand-père à sa sortie de chez Rex, avant de l'ignorer, pour changer…

*

Accoudé au bar, Tal boit un soda *light*, perché sur un tabouret bancal. Il a rangé sa panoplie d'homme des bois pour discuter avec la nouvelle serveuse. Une dame charmante qui se nomme Claire Stevenson, à en croire le badge épinglé sur sa poitrine. Elle vit avec son fils, un élève de première année au lycée Lafayette. C'est une brunette d'un mètre soixante plus énergique qu'une pile électrique, occupée à astiquer le zinc avec la frénésie qu'on déploie pour garder son nouvel emploi. Elle répond aux questions du client avec le même enthousiasme :

— On a posé nos valises dans la région il y a deux mois à peine, vous savez !

Soudain, les yeux de Tal trahissent plus qu'un vague intérêt pour cette conversation de bar…

FAMILLE

Sept jours après la pleine lune

Charles Sobibor-Montaigne ouvre la porte avant de marquer un temps d'arrêt.

Après un rapide examen, le quadragénaire fixe Gabriel dans les yeux comme pour y lire une intention cachée. N'y découvrant rien de suspect de prime abord, il lance d'une voix forte :

— Ambre ? Pour toi, ma chérie !

Gabriel se sent particulièrement mal à l'aise. Cette poignée de secondes consacrée aux présentations lui paraît une éternité, et il esquisse un sourire gêné.

L'homme a des traits presque bon enfant. Son regard semble doté d'une certaine neutralité, particularité sans doute très utile si on joue régulièrement l'arbitre entre une mère et sa fille.

Charles est quelqu'un de réservé, mais qui dégage une certaine assurance. Il ne s'est pas laissé aller à un embonpoint prématuré, et il a également été épargné par une calvitie précoce. Seuls quelques cheveux blancs dans cette chevelure noir de jais trahissent une expérience de vie se rapprochant doucement de la cinquantaine.

Gabriel ne relâche sa respiration qu'une fois invité à quitter le perron.

— Je vous en prie, jeune homme !

À l'intérieur, les meubles témoignent d'une recherche d'authenticité, sans être surchargés de babioles. Les photos de famille traditionnelles se succèdent sur un buffet, et Gabriel réprime un sourire lorsqu'il aperçoit un cliché d'Ambre bébé.

La jeune fille l'accueille en haut d'un large escalier.

— Par ici ! annonce-t-elle d'un signe.

Parfait dans son rôle de père inquiet, Charles se manifeste de nouveau en indiquant au premier mâle arrivé une autre direction :

— La table de la salle à manger sera idéale pour… étudier !

Ambre dévale les marches à contrecœur.

— Pff ! Il ne va pas me dévorer !

À dire vrai, dans d'autres circonstances, ça pourrait bien être le contraire…

*

Gus ne sait pas exactement de quoi il retourne, mais au fond de lui il en est convaincu : il n'aime pas le nouveau.

Ce type n'a rien d'un invisible, et il est loin d'être idiot. Il vient de le prouver à plusieurs occasions pendant leur première séance de travail. Ambre n'a eu d'yeux que pour lui, et Gus a eu la désagréable impression d'avoir été métamorphosé en plante verte, en réverbère, ou en animal de compagnie dont on vérifie simplement s'il a son bol d'eau fraîche et ses croquettes – ou un soda *light* et des crackers, dans son cas.

Stevenson aurait pu venir les mains dans les poches. Il aurait pu jouer la carte de l'indifférence. Mais non. Il a bossé le sujet de leur fameux exposé sur la photosynthèse. Il a même récolté quelques bonnes infos sur le Web et il est resté à l'écoute, y compris lorsque Gus s'est exprimé.

C'est qui, ce type ? se répète ce dernier, sur son vélo.

Gabriel est-il parfait ? Sûrement pas ! Il s'est montré faillible plus d'une fois cet après-midi. Mais pour Gus, ça le rend encore moins contestable dans leur groupe. D'ailleurs, Ambre a été plutôt sèche et cassante au départ, mais, petit à petit, son ton et ses gestes se sont adoucis.

— Par là ! dit Giuseppe au nouveau, toujours attentif. Tu tournes sur la prochaine à droite et tu devrais pouvoir te repérer à partir de l'épicerie Granger.

— Merci, Gus ! J'avoue que je ne connais pas encore bien ce quartier et, sans toi, ça aurait été l'enfer pour rentrer. Déjà que pour venir…, conclut Gabriel avant de lui tendre la main. Ça ne t'embête pas si je t'appelle Gus, au moins ?

Son ton est le plus amical possible. L'adolescent serre rapidement la main tendue. Il secoue la tête, cherchant à marquer un vague désintérêt :

— Non, pas de souci !

Puis il lui tourne le dos et s'en va sur sa bicyclette en rasant lc trottoir comme une souris en fuite.

Non, Giuseppe Garibaldi ne sait pas exactement de quoi il retourne. Mais il n'aime pas ce Gabriel Stevenson.

Reste à savoir si Tilsville l'appréciera…

*

— Ton père m'a dit que tout s'était bien passé ?

Et vas-y que je me sers une ration de salade pour poser mes questions comme si de rien n'était ! songe Ambre.

Sa mère s'est débrouillée pour fermer la pharmacie plus tôt et préparer le repas. Elle compte bien passer une soirée en famille.

— Ouais, ouais…, répond sa fille, évasive.

— Alors, on peut savoir qui est ce Gabriel ?

— Personne !

La réponse est immédiate, franche, elle claque sans appel. Le ton quant à lui signifie : « Voie sans issue, veuillez faire demi-tour sur-le-champ : danger. »

Victoria fait mine de ne pas le remarquer.

— Et comment va Giuseppe ? poursuit-elle. Il paraît que le fils Helm continue de l'embêter ?

— Ça va, répond Ambre en se disant que, décidément, les ragots trônent toujours à la première place parmi les occupations préférées des habitants de cette ville.

Bien souvent, la jeune fille a l'impression de disputer une partie de tennis contre sa mère. Il est temps de marquer le point en changeant de sujet :

— Au fait, Gus m'a dit qu'il avait aperçu Tal entrer chez Rex ?

Jeu, set et match : Victoria se tourne aussitôt vers son mari pour évoquer les clients du jour de la pharmacie tout en se massant le cou, comme harassée après une dure journée :

— Tu sais si Todd va mieux ? Miss Granger avait l'air un peu inquiète…

— Euh… je crois… Je lui demanderai demain…

Ambre est plutôt amusée de constater que sa mère se sert une dose de mayonnaise sur une minuscule part de poulet froid. Le sujet « Talbert » constitue toujours un parfait bouclier si elle veut la tenir à bonne distance d'une discussion. Leurs rapports père-fille sont polis, mais s'arrêtent là, si on oublie les cartes d'anniversaire au contenu laconique. L'adolescente a pris depuis longtemps le parti de se dire que les relations de famille sont bien souvent plus compliquées qu'on peut le penser. Elle-même a un peu de mal avec ses parents en ce moment. Ils semblent avoir une vie si ordonnée, si rangée, si, si, si… ennuyeuse ! Voilà le mot qu'elle cherche !

Le repas s'achève dans un silence entrecoupé de quelques coups de fourchettes à gâteau. *Tout est calme chez les Montaigne* pourrait être le titre du film de la soirée. Dès qu'elle le peut, Ambre abandonne ses parents sur le canapé du salon pour filer à l'étage. Elle referme la porte de sa chambre d'un coup de talon et s'écroule sur son lit avant de glisser la main sous son oreiller et de glousser :

— Méchante fille !

Elle contemple le trophée sorti de sa cachette, puis le plaque sur son nez. Ses sens passent en mode hyperactif. Son cœur bat plus vite. La laine porte *son* odeur. Une odeur qu'elle aime de plus en plus…

Elle se relève d'un bond et se poste face au miroir de sa garde-robe – enfin, de son garde-pantalon plutôt, si on regarde le contenu de l'armoire. Elle joue un moment avec l'écharpe, s'en servant tantôt comme d'un foulard de petite vieille, tantôt comme d'un bandeau, avant d'arrêter sa décision. Si Gabriel lui annonce qu'il a oublié son écharpe blanche, elle niera toute découverte et encore plus une quelconque implication. De toute façon, comment pourrait-il se douter que c'est elle, la fautive ?

Ambre ricane de nouveau. Elle se sent complètement folle.

Mais, bon sang, cette odeur ! Qu'est-ce qu'il a de si particulier ? Ce truc. Elle ne sait pas ce que c'est... Elle kiffe.

*

Rex est éreinté. Un peu court sur pattes, le tenancier du bar se dresse sur la pointe des pieds pour abaisser le rideau de fer de son établissement. Il salue Claire en réprimant un bâillement :

— Bonne nuit, Miss !

— À demain, répond Claire, soulagée de pouvoir rentrer, bonne nuit !

Il est tard, près de trois heures du matin, une heure normale pour une veille de week-end. Ils ont eu du monde ce soir, pas que les habitués. Rex avait l'air satisfait. Un groupe de quatre policiers est venu fêter l'anniversaire d'un collègue. Ils ont un peu chahuté, mais rien de méchant.

Il y a eu aussi quelques têtes inconnues. Mais, contrairement à Rex, Claire n'identifie pas encore tout le monde. Un type s'est épanché dans un monologue de près de trois heures en lui racontant son divorce de A à Z. Il a fini par abuser de mélanges d'alcools et, comme pour se repentir de leur bazar, les policiers se sont proposés pour le ramener à bon port en fermant les yeux sur son état.

Claire sourit en repensant au comique de la scène. L'homme s'est mis à pleurer sur l'épaule d'un policier, se mouchant à moitié dans le col de sa chemise pour lui manifester sa gratitude. Une autre bonne âme à qui confier ses déboires.

Bref, rien de plus, rien de moins que le quotidien d'une serveuse de bar.

Claire enfonce le nez dans son manteau d'hiver. Elle renifle. Il fait froid. La buée filtre à travers le duvet. La fin d'année approche.

Le ciel est dégagé, les étoiles sont discrètes, la lune est presque pleine. Elle aide au mieux les vieux réverbères à éclairer Tilsville. Ça lui rappelle cette histoire qu'un client lui a racontée sur la bande qui s'amusait à les dégrader en fracassant les ampoules. Trois types s'étaient vantés de leurs exploits dans le bar même où elle travaille, avant de disparaître du jour au lendemain.

Quelle ville étrange! songe-t-elle en pressant le pas.

Claire est transie jusqu'aux os. Il lui reste moins d'un kilomètre pour rejoindre le studio qu'elle loue. En chemin, la serveuse ressent une certaine appréhension tandis que les maisons défilent derrière elle. Elle espère que son fils ne tournera pas comme un fauve en cage, ici… Ces derniers temps, Gabriel a parfois des sautes d'humeur. Encore un truc de l'adolescence, mais Claire se sent souvent dépassée…

Je devrais peut-être… être plus ferme avec lui.

Soudain, elle s'immobilise. Fait deux pas en arrière. Il n'y a pas de commerces dans cette rue transversale, juste quatre ou cinq voitures stationnées devant des pavillons. L'endroit est calme, sans bruit… mais son sentiment de malaise continue à grandir. La femme reprend sa route, accélère encore. Elle a l'étrange impression qu'on… l'observe?

Un chat feule. Son cri déchire le silence. Claire hausse les épaules:

— Je me fais encore des films! murmure-t-elle, heureuse de pouvoir enfin tourner sa clé dans la serrure.

L'instant suivant, elle retire ses chaussures pour emprunter un petit couloir plongé dans l'obscurité. Ses bas glissent sur le carrelage froid et elle allume à tâtons une lampe en pâte de verre qu'elle tient de sa grand-mère. La pièce où elle se trouve fait office de cuisine, de salon et de salle à manger.

Sourire. Gabriel lui a gardé une part de plat préparé, et une fleur jaune, non identifiée – cueillie dans les plates-bandes municipales, mais l'intention est là –, décore le plateau-repas. Claire écarte le verre à moutarde transformé en vase, mais se ravise au moment de s'asseoir à table. Elle entrouvre lentement la porte qui donne sur l'unique chambre, qu'elle a réservée à son fils – se contentant quant à elle du canapé-lit en skaï –, et aperçoit sa silhouette recroquevillée sous la couette. Son radio-réveil crachote un air de pop qui lui dit vaguement quelque chose. Elle finit par refermer la porte de peur de le réveiller et jette un œil à la pendule.

Il est presque quatre heures du matin.

Dehors, les températures poursuivent leur chute mais les rues ne sont pas désertes car, à deux pâtés de maisons des Stevenson, une patrouille de police discute avec le chauffeur d'un 4×4. À l'arrière, un gros sticker sur lequel on peut déchiffrer : « Arbres et espaces verts ».

Une silhouette recule dans l'ombre d'un porche. L'échange entre les policiers et le conducteur est bref. Après quelques minutes, les deux véhicules quittent les lieux en sens opposés.

OK, la voie est libre !

Il fait un froid à vous geler sur place. Il est temps de rentrer avant qu'on s'aperçoive de son absence. Un frisson parcourt le cou de Gabriel. Il se demande une nouvelle fois ce qu'il a bien pu faire de son écharpe.

INCIDENT

Deux jours avant la pleine lune

— Je vais t'éclater la tête!

Gus sent ses jambes se dérober sous son corps. Helm se dresse devant lui, entouré d'une meute de camarades prêts à savourer les restes d'une mise à mort imminente. Le visage du géant blond vire au pourpre et une grosse veine bleue commence à gonfler sur sa tempe.

Gus voudrait dire: «Je ne l'ai pas fait exprès! Je suis tellement désolé d'avoir renversé mon soda sur toi. Je vais tout nettoyer… Pi… Pitié!»

Mais aucun son ne sort de sa bouche. Il est paralysé et ne s'explique toujours pas comment il a fait pour trébucher et envoyer son plateau-repas s'écraser dans le dos de… Helm!

Le réfectoire demeure silencieux. La cascade improvisée de Gus a estomaqué tout le monde.

— Personne ne va se faire éclater la tête!

Cette voix providentielle surgit de nulle part.

— Enfin, si on oublie que tu es le seul ici à avoir des morceaux en décomposition à l'intérieur du crâne…

Cette fois, les spectateurs en laissent tomber leurs mâchoires. Ils vont assister à une double exécution en direct.

Helm ne dépareillerait pas dans une équipe de basket, mais il est joueur de La Crosse et l'un des plus efficaces du district. « Efficace », car il ne laisse pas grand monde sur pied lorsqu'il décide d'écarter un adversaire dans un double échec… « Écarter » étant le mot poli pour décrire une sortie sur brancard accompagnée d'un : « Oups ! »

Certes, Helm ne donne pas une belle image de son sport, mais son entraîneur préfère de loin une victoire assurée. Un joueur en a encore fait l'expérience le week-end dernier : on sait seulement qu'« il va bien », même s'il n'a pas repris le chemin du lycée…

Helm entame un changement de couleur supplémentaire, son visage abandonne le pourpre pour virer au vert. Ce nouveau coloris stoppe les gloussements inconscients autour de lui. L'illuminé qui vient de s'interposer entre lui et Gus va connaître sa douleur ! Le géant ne lui laisse pas plus de répit et plonge sur lui.

Gabriel n'a pas le temps d'esquiver. Il est emporté en même temps que la table et les chaises dans un fracas assourdissant ponctué de petits cris réjouis lâchés par une partie du public. Les deux adolescents se tiennent à présent par l'encolure de leurs vêtements. Leurs corps roulent sur le sol, et Gabriel tente d'envoyer un coup de genou bien senti dans l'entrejambe de son rival. Mais il rate sa cible et, au contraire, la folie brille encore plus dans les yeux de son adversaire. Helm lâche provisoirement le cou de sa victime et lui assène un violent crochet du droit qui fait presque regretter son intervention à Gabriel.

— Vas-y, Victor ! Tu vas l'défoncer, ce connard ! lance un de ses supporters dans l'assemblée.

Ambre n'a pas été alertée par les cris, mais par l'odeur dégagée par Gus. Une odeur de peur qui lui empuantit les narines, jusqu'à lui donner des haut-le-cœur. Elle se fraie un chemin à travers le réfectoire et tire son ami par le bras pour l'évacuer de la zone de combat. Gus la suit comme un pantin désarticulé. Il est livide. Il a accepté son sort...

Les rares adultes présents sont dépassés par les événements, et personne ne sait comment mettre un terme à ce pugilat. Helm reçoit à son tour un coup violent et un filet de sang lui coule du nez.

Soudain, Ambre bouscule l'un des acolytes de Helm pour s'emparer d'une carafe d'eau sur une table voisine. Elle lève l'objet au plus haut avant de le fracasser de toutes ses forces à quelques centimètres des deux combattants. Le verre blanc explose en milliers de morceaux et provoque immédiatement la réaction attendue : sous l'effet de la surprise, Victor et Gabriel se figent comme deux boxeurs essoufflés heureux d'entendre sonner le gong avant la prochaine reprise.

Mais la reprise du combat n'a pas lieu.

Le professeur Flow se fraie à son tour un chemin dans l'attroupement :

— Écartez-vous ! Attention, laissez-moi passer ! Vous trois, chez le proviseur ! ordonne-t-il aussitôt. Les autres, dispersez-vous avant d'avoir à les imiter !

— Mais… monsieur…, proteste Ambre, contrainte d'accompagner les deux fauteurs de troubles, encouragés par les derniers spectateurs en délire.

— Je ne veux rien savoir ! Vous vous expliquerez chez M. Pliks, lui répond-on.

Seul Gus est étrangement oublié dans cette affaire.

*

Ruppert Pliks a aujourd'hui un emploi du temps étonnamment malmené. Le proviseur du lycée Lafayette est pourtant quelqu'un de patient, compréhensif, et peut-être même un peu naïf puisqu'il n'hésite jamais à penser que même les esprits les plus retors peuvent changer.

En poste depuis neuf ans, Pliks ne s'occupe que rarement de la discipline – si, bien entendu, on fait abstraction des appels téléphoniques au père de Victor Helm. Ainsi, l'annonce de trois nouveaux cas qui attendent au secrétariat, alors qu'il n'a pas terminé de traiter le dossier en cours, entraîne chez lui une certaine contrariété. Décidément, ce mois de décembre démarre au plus mal !

Bien que les températures extérieures chutent désormais sous zéro, Pliks se tamponne le front avec un mouchoir brodé à ses initiales. Une goutte de sueur s'en échappe pour rouler sur une joue dont le relief pourrait faire se pâmer d'envie un hamster engagé dans un concours de stockage de nourriture. D'ailleurs, en matière de stockage de calories, Pliks ne concourt pas chez les amateurs.

Agacé, le proviseur stoppe une autre goutte de sueur d'un geste trop brusque qui fait bouger dangereusement son toupet (acheté par correspondance chez *Potter & Potter*, perruquier dont la réputation n'est plus à faire selon leur publicité rangée dans l'un des tiroirs de son bureau). Il regarde la photo de sa chère maman, pièce majeure trônant sur un bureau en chêne lustré impeccablement rangé, avant de constater que la scène amuse la jeune fille blonde assise en face de lui. Un manque de respect qui le plonge définitivement dans une humeur massacrante.

— Je vais vous faire passer l'envie de rire, mademoiselle Fields ! Les classes de cet établissement ne sont pas des succursales de contrebande… Et j'ai le regret de vous informer que, NON, vos camarades ne sont pas des « clients » ! Encore moins vos professeurs !

La voix du proviseur monte crescendo, prête à annoncer la sentence.

Quelques minutes plus tard, Emmy Fields sort du bureau en haussant les épaules. Elle se fiche éperdument d'être renvoyée trois jours, sanction théâtrale qui ne suscitera pas plus d'intérêt chez son père que chez sa mère. Les parents en question ont refait leur vie après un divorce houleux et sont beaucoup plus absorbés par leur nouvelle progéniture respective que par sa scolarité.

Pendant ce temps, dans le secrétariat, Ambre, Gabriel et Helm attendent leur tour sur le banc des accusés. Ils sont tenus de rester à bonne distance les uns des autres sous l'œil réprobateur du professeur Flow, fort mécontent de ne pas avoir pu terminer son dessert.

Pliks maudit également ces invasions en pleine pause-déjeuner qui l'empêchent d'ouvrir la boîte à pique-nique offerte par sa mère avec laquelle il vit toujours, en fier célibataire. Il apparaît sur le seuil de son bureau et tonne, en pointant le doigt vers Ambre :

— Suivante !

Gabriel sort le dernier du bureau du proviseur Pliks. Il n'en revient pas d'avoir échappé à une exclusion temporaire et en oublie presque l'énorme coquard qui lui pousse comme un oignon sous l'œil gauche.

Helm a fait alerter son père par un camarade et le téléphone de Pliks n'a pas tardé à sonner. M. Helm a beaucoup d'influence à Tilsville, y compris dans les écoles, pour lesquelles il reste le plus généreux donateur lors des rencontres sportives. Il leur fournit maillots et équipements et, au cours des manifestations de fin d'année, il ne manque pas de glisser un chèque au responsable d'établissement pour ses bonnes œuvres... Dès lors, le proviseur se trouve face à un nouveau dilemme : blanchir Helm et renvoyer Stevenson ? Peu crédible. L'affaire se complique à la simple pensée de la sanction infligée à Emmy Fields un peu plus tôt, alors qu'elle n'a fait que vendre à la sauvette des produits de maquillage en provenance manifestement directe d'un rayon de supermarché.

Le dossier Ambre Montaigne est bien plus facile à traiter. Elle a juste brisé une carafe sur le sol, mais il règle son cas avec celui des trois autres. Tous écopent donc d'un avertissement « avant exclusion » et Pliks se chargera plus tard d'informer Emmy Fields de sa remise de peine providentielle, parce qu'après tout un bœuf en sauce l'attend toujours dans son bento.

— Affaire classée !

*

— Désolé de t'avoir entraînée là-dedans ! marmonne Gabriel, prêt à retourner en cours.

— Il fallait bien quelqu'un pour vous séparer, réplique Ambre, résignée. Merci surtout d'avoir aidé Gus, je ne sais pas comment il s'en serait sorti sans toi… Ça va ? Tu n'as pas trop mal ?

Sans réfléchir, l'adolescente pose la main sur la joue de Gabriel qui répond, surpris par l'attention :

— Euh… non… Ça ira.

Le temps s'arrête pour eux.

La chaleur de la peau sous ses doigts. Son contact. Le fin duvet sur sa joue, et toujours son odeur. Ambre ressent un milliard de choses qu'elle ne peut pas laisser paraître.

Ensemble, ils éclatent d'un rire complice en repensant à la tête frustrée de Helm, avant d'entrer en classe.

Un peu plus tard, la jeune fille sort du lycée entre ses deux amis. Elle rejoue la scène pour la énième fois en agitant son sac à dos comme un punching-ball.

— Merci, répète Gus par pure politesse.

En vérité, il regrette l'intervention de Gabriel.

À l'intérieur, il bouillonne, frustré de voir Ambre lui échapper… Stevenson a joué le héros bon marché pour lui sauver la peau. Mais il aurait mille fois préféré un coup de poing en pleine face au fait de voir Ambre se rapprocher de ce type.

Pour qui tu te prends, pauvre con !?

Un 4×4 s'arrête à quelques mètres devant eux et Gabriel se raidit, pensant reconnaître le véhicule, jusqu'à ce que son regard fasse le lien avec Ambre :

— Les gars, je vous laisse ! Je passe la soirée chez mon grand-père.

À ces mots, elle plie mécaniquement index et majeur pour chasser le mauvais sort et indiquer à ses amis, avant de les quitter, qu'elle prévoit une fabuleuse soirée.

Son visage se rembrunit dès que les garçons s'éloignent. Ce soir, c'est *le* soir. La corvée mensuelle dont elle parle à mots couverts avec Talbert depuis une semaine.

— Prête ? lance-t-il.

— Faudra bien ! soupire-t-elle avant d’attacher sa ceinture.

— T’en fais pas, on ne prendra pas de risque ce soir, se sent obligé de rappeler son grand-père. Je vais rester devant ta porte…

— Et s’il vient ?

— Je serai là pour l’accueillir !

CHASSE

Pleine lune

Du sang.

Il est frais, palpitant, embaumant l'air pour qui sait sentir.

Ce territoire est différent. Il préfère la forêt, la végétation permet de s'y cacher facilement, mais ce nouveau décor a ses avantages. La bête se glisse à travers le grillage sans se préoccuper des pointes torsadées qui pourraient lui être fatales si la rouille venait à entamer sa peau. L'animal est trop absorbé par la chasse pour se soucier de sa propre survie, trop obsédé par ce fumet qui flotte jusqu'à lui, aiguisant ses sens et son envie.

Du sang.

Il est frais, palpitant, prêt à inonder la chair et les os qu'il va bientôt déchirer. Ces bipèdes sont des proies savoureuses, presque délicates lorsqu'elles tentent d'échapper à la mort. En vain.

L'animal n'aime pas le contact du bitume gelé sous ses griffes, il étrille le sol avec agacement. Pendant un bref instant, il a l'impression de reconnaître les lieux, ces murs de béton lui sont étrangement familiers. La ville ne l'aime pas. Il le sent. Il ne l'aime pas non plus.

La bête refoule ces idées stupides et s'immobilise près de conteneurs en plastique orangé qui débordent de détritus. Il flaire les emballages de nourriture industrielle tombés sur le sol, pour s'en détourner aussitôt et longer un muret où flotte encore une odeur humaine. D'un bond sans effort, il passe par-dessus l'obstacle avant de s'arrêter, muscles tendus, saillants, le pelage déjà taché du sang d'un autre animal. L'intrus fixe la lune de ses prunelles dorées. Elle est entière et il sent sa puissance l'imprégner jusque dans ses entrailles.

Du sang.

Il est frais, palpitant, si proche.

La vitre se brise. Le bruit est étouffé par le contact du gilet roulé en boule qui a amorti le coup sec. Une main très fine se glisse dans l'ouverture en prenant garde aux débris pour faire tourner la crémone. La silhouette emmitouflée dans une parka sombre se hisse sur le rebord et pénètre furtivement à l'intérieur du bâtiment.

La salle est plongée dans un profond silence, comme si elle bénéficiait d'un *statu quo* divin après une journée de brouhaha ininterrompu. L'intruse s'amuse de voir les tables désertées par les habituels occupants et les chaises aux armatures de fer éparpillées comme une volée de moineaux. La jeune fille s'accroupit pour passer sous une rangée de fenêtres plus exposées aux vues extérieures. Ses cheveux blonds attachés en queue-de-cheval dansent au rythme de sa progression. L'écharpe noire qui lui masque une partie du visage glisse sous le menton et fait apparaître brièvement des traits légers qui contrastent avec son regard déterminé. En la replaçant au ras du nez, Emmy Fields a un sourire espiègle teinté d'une volonté de vengeance irascible.

Même si cet idiot de proviseur a réduit sa punition, il va voir ce qu'il en coûte de s'en prendre à elle ! Emmy sort une bombe de peinture rose fluo d'une poche de sa parka et commence à en asperger copieusement les murs jusqu'au tableau, s'arrêtant parfois le temps d'un tag dont l'esthétisme lui paraît contestable.

Mais elle a quelque chose de plus urgent à faire.

— Coucou ! chuchote-t-elle en apercevant le distributeur automatique de confiseries, dont elle prévoit de voler le contenu et tout revendre aux élèves, à la barbe du gros Ruppert.

Morte de rire! Du grand art!

Elle a eu cette idée à peine sortie du bureau de Pliks, en passant devant le fameux distributeur. Certes, ça lui confère un statut officiel de cambrioleuse, mais Emmy préfère le terme d'« opportuniste », c'est en tout cas ce qu'elle revendiquera si elle se fait coincer.

La jeune fille ouvre la porte du couloir avec prudence. Il est encore tôt. À cette heure, le concierge, qui réside dans l'aile opposée au sein d'un trois-pièces généreusement fourni par l'administration, doit sans doute repousser l'heure de sa ronde, la faute au match du championnat de hockey diffusé ce soir à la télé. Tout est calculé. Les parents d'Emmy se sont laissé berner comme d'habitude avec sa vieille excuse de « Je vais dormir chez papa ! » et inversement « Je dors chez maman, m'attendez pas ! ». Alors, pourquoi ressent-elle cette désagréable sensation ? Des frissons, comme si quelqu'un faisait crisser une craie sur un tableau ? Sans doute parce qu'elle vient d'entendre quelque chose en salle 108...

Le couloir est éclairé par les veilleuses fixées au-dessus des portes ainsi que par la lumière du distributeur.

Emmy scrute les casiers des élèves qui défilent jusqu'à disparaître dans l'obscurité. Non, le crissement n'en est pas un.

— Stresse pas, c'est qu'une impression ! se marmonne-t-elle avant d'aller se saisir d'une chaise destinée à faire office de bélier.

Le jeu est une étape plaisante.

Du sang.

Il est frais, palpitant, à portée.

Cette fois, Emmy ne rêve pas. Elle abandonne la chaise devant elle et se fige :

— Qui est là ? Ho ? Y a quelqu'un ?

Le bruit rauque d'une respiration lui fait exécuter d'instinct un pas en arrière.

S'ensuivent des frottements, puis des grincements sur les murs.

Qui que ce soit, ce n'est pas quelqu'un avec de bonnes intentions !

La jeune fille se précipite dans le couloir. Son cœur s'embrase et lui ordonne de courir le plus vite possible. Fuir ! C'est tout ce qui importe.

Emmy distingue les portes du gymnase. Elle espère s'y réfugier et pourra peut-être en bloquer les lourdes portes avec quelque chose. Vite…

— Non, non, non ! sanglote-t-elle devant celles-ci.

Elle en abat les barres anti-panique plusieurs fois, de plus en plus fort. Mais les portes restent closes, insensibles au drame qu'elles pourraient peut-être empêcher. L'espace d'un instant, ses dernières décisions défilent dans son esprit, et Emmy ne peut que regretter celle qui l'a conduite ici. La jeune fille s'en veut. Elle pense à ses parents, s'excuse presque à voix basse.

Les crissements sur les murs ont repris. Griffes.

Effrayer sa proie fait partie de la chasse.

Ses cris, si aigus soient-ils, sont un stimulus supplémentaire. La viande sera meilleure.

Plus d'obstacle.

Du sang frais, maintenant.

SEULE

Un jour après la pleine lune

Nouvelle journée. Nouveau réveil.

Ça saoule! songe-t-elle en abandonnant ses chaînes.

Ambre se rattrape au rebord du lavabo. Sa vue se trouble, et un renvoi fétide et écœurant l'oblige à y cracher de la bile.

Le sang encore. Le sang toujours. Le lien de sa condition. La malédiction génétique qui la transforme en cette louve-garou hideuse depuis plus de trois ans maintenant. Trente-six fois au minimum à se changer en une autre, elle préfère arrêter de compter, ça lui redonne la gerbe.

Dégueu…

Sa toilette faite et ses vêtements propres enfilés, l'adolescente tape du poing le code à la porte: un coup long, deux courts, un long…

Silence.

Soupir et récidive: un coup long, deux courts, un long…

Rien.

— Hé ! C'est pas cool de me faire poireauter ! s'irrite-t-elle. Oh ! Hé ! Tal ? C'est pas drôle !

Boum ! Boum ! Boum ! Plus de code, juste des coups.

Ambre le sent, c'est plus net maintenant, quelque chose est différent. Elle se fige, écoute avec attention.

Le silence.

C'est bien le problème, aucun autre cœur ne bat dans cette maison.

— Tal ! Qu'est-ce qui… !?

La panique, puis la terreur. C'est son seul sentiment perceptible à ce moment précis.

Les yeux d'Ambre roulent dans leurs orbites afin de balayer la pièce comme si c'était la première fois qu'elle s'y trouvait. Son regard passe au-dessus des chaînes restées au sol.

Nouveau spasme, comme un flash. Le bruit de leurs maillons métalliques tendus à l'extrême, la douleur du collier.

— Concentre-toi ! se reprend-elle avant de poser ses yeux sur la grille du conduit d'aération.

Elle saisit l'unique chaise de la cellule. Elle grimpe dessus dans la foulée et examine la potentielle issue.

— TAL ! hurle-t-elle. TU M'ENTENDS ?

Six vis fixent la grille. Il est sans doute très simple de les retirer si on dispose d'un tournevis cruciforme. Ce n'est pas son cas.

Ambre n'a pas d'outils, seulement une trousse de toilette. La pointe d'une lime à ongles devient providentielle et lui soutire un petit cri victorieux. Sa main tremble. L'impatience n'aide pas.

— TAL ? TAL ?

Reste deux vis. Bien entendu, il y en a toujours une du lot qui joue les réfractaires. Phase deux, on arrache le tout ! Le métal plie, et les attaches cèdent dans un fracas sonore. Estafilade sur la main gauche en cadeau, juron classique à la clé :

— Merde !

La jeune fille porte sa blessure à ses lèvres, réaction instinctive.

Le goût du sang encore. Le sien.

Elle refoule une nouvelle fois ses pensées les plus morbides pour se hisser à la force des bras à hauteur du conduit. La possibilité d'une issue se confirme : quatre ou cinq mètres à parcourir pour atteindre une grille similaire par laquelle filtre la lumière et un froid étonnamment cinglant qui soulève des moutons de poussière.

Ambre retombe sur la chaise pour tousser. Elle se tape la poitrine plusieurs fois avant de se ressaisir, pour relâcher son angoisse dans un ultime cri qui n'a plus rien d'un appel à l'aide :

— TAL ?

Toujours rien.

Elle se hisse à nouveau à hauteur du conduit jusqu'à caler un genou, pour ensuite attraper un tuyau de canalisation qui longe le plafond, avant de glisser les pieds en premier dans l'issue… Ramper sur le dos et en sens inverse, une mauvaise idée ? Dans les films, ils rampent tous sur le ventre avec la tête en avant pour trouver à l'autre bout une vieille grille qui cède à la première poussée. Mais on est dans la vraie vie, et n'est pas Hulk qui veut, même si Ambre a certains avantages…

Se calmer. Maîtriser sa respiration.

Répéter les petits mouvements du bassin pour progresser. Veiller à garder les yeux fermés pour éviter de voir la tôle à deux centimètres de son visage et accentuer la vive sensation d'oppression.

Contact. Les semelles de ses chaussures s'écrasent sur l'objectif.

Premier à-coup, maladroit.

D'autres s'enchaînent, encouragés par un début de résultat. Le métal abandonne le combat. La seconde grille finit par céder et tomber sur le sol. Le temps d'un dernier effort pour sortir du conduit qui aurait pu être son tombeau.

— Tal ?

L'appel d'Ambre est moins virulent. Elle comprend la raison du froid glacial qui règne dans la cabane : la porte d'entrée est grande ouverte.

Dans la cheminée, le feu est éteint depuis des heures. Les cendres portent à peine l'odeur du bois.

Son grand-père n'est pas ici. Elle en est certaine. Rien de tout ça n'est normal, surtout pas après une nuit de pleine lune !

Elle pense tout de suite à l'autre animal – celui que Tal voulait débusquer.

Le rival.

La jeune fille se précipite sur le perron. Elle aperçoit alors une silhouette étendue près du tas de bûches.

— TAL !

Son grand-père est immobile, couché sur le flanc. Son visage a pris des teintes bleutées et sa peau est étirée à l'extrême, comme si elle s'apprêtait à se craqueler. Ambre colle son oreille à hauteur de ses lèvres, réduites à deux lignes fines. Son souffle est infime, mais présent.

Aucune trace de lutte. Tal a dû faire un malaise.

Elle songe d'abord à utiliser son smartphone pour alerter les secours – inutile ici, elle est en zone blanche, le réseau est capricieux. Elle retourne à l'intérieur de la maison en courant pour s'emparer du vieux téléphone fixe.

— Maman ?…

L'alerte est donnée, les secours sont en route. Il va leur falloir une bonne demi-heure pour atteindre la cabane…

Ambre ne reste pas les bras croisés. Elle traîne son grand-père inerte à l'intérieur. Ses capacités sont un atout non négligeable, ou peut-être est-ce l'adrénaline, c'est presque facile, malgré son poids.

En quelques minutes, Tal se trouve allongé sur le vieux canapé troué aux accoudoirs. Sa petite-fille place un coussin sous sa tête. Puis elle cherche des couvertures pour le réchauffer, avec l'espoir de le ramener à une température plus acceptable.

Maintenant, elle ne peut rien faire d'autre qu'attendre… Si, elle peut s'assurer que personne n'ira dans sa cellule.

La jeune fille tire un meuble devant la porte pour faire croire à un passage condamné.

Les sirènes retentissent. Enfin.

*

Par chance, Tilsville possède son unité de soins d'urgence. Elle demeure une aile modeste d'un centre hospitalier vieillissant, né au début des années 1960.

La légende locale prétend que sa création a été décidée après le record historique de 1954 : il aurait neigé pendant quatre mois sans interruption, ce qui aurait obligé la ville à vivre en totale autarcie à cause des routes devenues impraticables. On peut se trouver à Tilsville par hasard, mais il semble plus compliqué d'en repartir.

La salle d'attente se résume à trois chaises en plastique, une table basse en formica d'un autre âge, et une cafetière crasseuse de marc à force de cuire sur sa plaque chauffante branchée sur une étagère à l'équilibre incertain.

Ambre est assise, abattue, les épaules voûtées sous le poids de l'inquiétude. Son père demeure debout à ses côtés, guettant un mouvement des portes battantes qui leur interdisent de s'aventurer plus loin.

Elles s'ouvrent quelques minutes plus tard lorsqu'un médecin, le neveu Carter qui a fait ses études à Toronto, reconnaît le père d'Ambre et se présente à eux avec un bloc à la main.

— Il va avoir besoin de beaucoup de repos, annonce-t-il en essayant de se montrer le plus compatissant possible, ce n'est pas passé loin… Heureusement que tu étais là, ajoute-t-il en s'adressant à la sauveteuse improvisée.

— On peut aller le voir ? lui demande-t-elle, les larmes aux yeux.

— Pas encore, répond le médecin, pour l'instant il reste sous perfusion. Il dort. Ce sera sans doute possible demain, ou peut-être après-demain…

— Mais…, tente d'intervenir Ambre avant de s'interrompre sous le regard insistant de son père, mieux placé qu'elle dans le domaine de la santé pour comprendre que ce ne sont pas des paroles en l'air.

— Je reviens, je sors appeler ta mère ! lui dit-il après un dernier échange avec le médecin.

Elle opine. Il fallait quelqu'un pour rester à la pharmacie, selon son père, rien de surprenant à ce que ça ait été sa mère. Victoria n'aurait sans doute pas supporté de voir Talbert dans cet état.

Au même moment, le sas des portes automatiques – l'entrée principale – s'ouvre dans le dos des deux visiteurs. Gus apparaît, essoufflé :

— Je suis venu dès que j'ai su ! dit-il à Ambre en hésitant à lui tendre les bras pour qu'elle s'y réfugie, ce qu'elle ne semble pas disposée à faire.

— Merci, c'est gentil… Mais tu sèches les cours ?

— Ah oui, t'es pas au courant… Le lycée est fermé jusqu'à la fin de la semaine…

— Hein ?

— Emmy Fields.

Le silence s'empare d'eux. Le regard de Gus laisse présager l'annonce d'un drame.

— Ils ont retrouvé son corps à l'arrière du gymnase…, finit-il par murmurer.

Putain, c'est pas vrai ! maudit Ambre en son for intérieur. *C'est lui… Je suis sûre que c'est lui !*

Elle retient des larmes de rage, excepté une qui roule sur sa joue malgré ses efforts. Tal a eu tort. Ils auraient dû sortir, reprendre des risques.

Peut-être que ce salopard n'aurait tué personne !

— La police du comté ne peut pas venir tout de suite. Ils sont pris par un autre dossier ou je sais pas quoi… J'ai pas plus de détails, ce sont les sbires de Helm qui racontaient ça ce matin en se la jouant, comme s'ils savaient tout ce qui se passe dans le secteur. Apparemment, ce serait un animal, reprend Gus, sans doute qu'ils n'ont pas tué le bon ours la dernière fois, après le randonneur…

Pas un animal… Un monstre!

Elle connaissait la renommée d'Emmy plus que la personne elle-même, néanmoins ses pensées lui sont dédiées pendant un instant.

— La pauvre…

Le sas s'ouvre de nouveau et Gus se retourne, pensant assister au retour du père d'Ambre. Raté. Il a du mal à masquer sa colère en découvrant comme son amie l'arrivée inattendue de Gabriel, qui emploie lui aussi la formule désormais consacrée:

— Je suis venu dès que j'ai su… Comment va-t-il? Et toi?

Bordel, qu'est-ce qu'il fout ici, lui? songe Gus, amer, alors qu'Ambre se réfugie d'instinct dans les bras de Gabriel.

VÉRIFIER

Un jour après la pleine lune

Impossible de se rendre dans la chambre de Tal pour l'instant. S'il n'est pas compliqué pour Ambre de quitter Gabriel et Gus, il va falloir ruser en ce qui concerne ses parents, au moment où le retour à la maison s'impose.

Son père fait un détour par la pharmacie.

— Ta mère a besoin qu'on la rassure ! tente-t-il de justifier.

Des paroles qu'Ambre a envie de contrebalancer d'une remarque : « Un cœur de pierre reste un cœur de pierre » – y compris dans ce genre de situation – mais elle se ravise. Sa famille a assez de soucis pour ne pas en rajouter, sans compter qu'elle a l'intention de se rendre au lycée. Elle doit se montrer conciliante. Ce qu'elle fait bientôt en se laissant étreindre avant d'écouter sa mère geindre :

— Ma pauvre chérie… Ça va ? Tu tiens le coup ?

— C'est plutôt à grand-père qu'il faut demander…

— Oui, bien sûr ! J'irai le voir dès qu'il ira mieux…

Nouvelle étreinte. Une… deux… moins de trois secondes avant de reprendre une posture plus directive, où Victoria décide d'échanger les rôles avec son mari en lui déléguant sa place à la pharmacie pour rentrer à la maison avec sa fille et prendre soin d'elle. Annonce qui est tout de suite interprétée par Ambre de la manière suivante :

OK, c'est le passage en mode cerbère ! Sauf que ce n'est pas la porte des Enfers qu'elle prévoit de garder, mais moi…

Le retour effectif à la maison s'effectue donc après un changement de chauffeur dans le plus grand des silences, même lorsqu'elles franchissent les artères principales sans avoir à affronter les bouchons.

— J'ai mal à la tête, finit par déclarer Ambre pendant que sa mère ouvre le garage d'un coup de bip.

— Tu veux que je te prépare une tisane au miel ?

— Non, ça ira, merci. Je pense que je vais aller m'allonger un peu.

— Tu peux t'installer dans le canapé, si tu préfères.

— Je vais dans ma chambre, si ça ne te dérange pas…

— Euh… oui… Enfin, non… Si tu veux…

Cette séquence d'hésitation a failli l'atteindre. Dans l'instant, l'adolescente culpabilise et se sent injuste, voire ingrate. Après tout, sa mère manifeste un vague sentiment d'inquiétude. Certes, ce n'est pas pour la bonne personne, mais Ambre doit admettre qu'il y a un certain progrès dans leurs relations mère-fille. Cependant, elle n'abandonne pas son objectif et s'éclipse dans sa chambre en veillant à préciser qu'elle ne pourra rien avaler de la journée.

— Tu es sûre ?

Pas de réponse, ce qui équivaut à un « Évidemment ! ».

S'ensuit un temps d'attente à titre de sécurité, au cas où sa mère aurait la mauvaise idée d'insister... Il n'en est rien, son plan ne rencontre aucun grain de sable : coussins mis sous la couette pour reproduire une vague silhouette humaine, ouverture de la fenêtre avant de la rabattre derrière elle en gardant la crémone relâchée, passage à pas prudents par le toit du garage, et saut d'une hauteur qui vaudrait sans doute une entorse à quelqu'un de normal. Elle, elle se réceptionne comme un chat. Enfin, façon de parler, mais elle parvient à filer à l'anglaise avant le début d'après-midi. Ni vue ni connue, ou presque... Gus s'arrête et la voit passer alors qu'il venait lui proposer une oreille amicale.

— Qu'est-ce qu'elle fiche ? murmure-t-il avant de la suivre à distance.

Rester sans rien faire n'est pas une solution envisageable.

La viande. Elle a le sentiment de ressentir encore le craquement des os dans sa mâchoire. Il lui est déjà arrivé d'avoir ce genre de souvenirs après une lune ronde.

Impossible. J'étais attachée, se répète-t-elle tandis qu'elle approche du lycée en chassant de ses pensées une odeur familière.

Évidemment, la police locale a bouclé le périmètre avec les moyens du bord. L'interdiction se limite donc à un cordon en plastique jaune «*Do not pass*» et à deux gars en uniforme qui montent la garde devant le portail – assis dans leur bagnole et très occupés à faire durer un café en gobelet de chez Rex. Le maire, Rob Stanton, en place depuis trente ans, vient de repartir. Ce quincaillier en retraite a le sourire facile d'habitude, mais pas aujourd'hui, quand ce genre de fait divers se déroule chez lui, à Tilsville. Le téléphone n'arrête pas de sonner et il n'a même plus le temps de passer à son bureau. Il faut calmer l'incendie avant que les médias l'apprennent et, pour ça, il a quelques contacts. En espérant que ça se tasse…

Il n'y a pas assez de cordon pour barrer les entrées de service. C'est l'un de ces portillons qu'Ambre passe d'un bond, vu qu'il est à peine de la hauteur d'un homme.

La voici de l'autre côté, en zone présumée interdite. Que cherche-t-elle ici ? C'est simple : une réponse.

— Qui es-tu ? murmure-t-elle.

D'après Tal, le nouveau venu n'a rien d'un novice… « Il prend soin d'effacer ses traces », a-t-il suggéré.

Elle se glisse derrière un mur. Un ouvrier en bleu de travail est occupé à remplacer la fenêtre de l'une des classes. L'homme ne l'a pas remarquée, et il demeure dos tourné pour vérifier les dimensions de l'encadrement. Les restes de la vitre brisée ont été entassés à l'écart.

Ambre n'a aucun mal à éviter l'artisan, bien qu'elle eût apprécié de pouvoir inspecter la zone plus avant. Tant pis. Son instinct l'emmène ailleurs, ou plutôt une odeur pareille à un vieux relent incommodant. Son corps n'est pas forcément du même avis que son cerveau, car ce parfum, c'est la chasse. Une partie d'elle en rêve souvent. Elle le sait.

Elle touche au but mais doit toujours faire preuve de vigilance. L'ouvrier n'est pas le seul à avoir eu accès aux bâtiments scolaires. L'intruse entrouvre une issue de secours pour s'introduire dans un couloir, avant de se précipiter derrière une porte de classe, alertée par des bruits de pas qui accourent dans sa direction.

— Monsieur Foster ! Monsieur Foster !

L'adolescente reconnaît aussitôt la voix de la secrétaire du proviseur Pliks.

— Vous avez oublié la liste des élèves !

— Merci, j'en avais déjà une, répond un homme sur un ton qui trahit une lassitude précoce.

Ambre devine qu'il s'agit certainement du policier de permanence qui a eu la malchance d'être chargé de l'enquête « Emmy Fields ».

— Je vais vérifier deux ou trois petites choses dehors avec mes collègues, et je reviens. Mortimer est en train d'enlever le corps ; il a l'habitude, à force de faire légiste et croque-mort…

— Euh… Mortimer… oui… C'est un cousin par alliance…, précise la secrétaire d'une voix étranglée. Très bien… Je retourne dans mon bureau…

— C'est ça, faites donc ! répond le policier Foster en s'éloignant de son interlocutrice, repartie en sens inverse.

La conversation prend fin à quelques centimètres à peine d'Ambre, collée au dos de la porte d'une classe de physique-chimie, reconnaissable entre mille, avec ses bureaux carrelés de blanc et ses nombreux lavabos destinés à l'évacuation d'expériences plus ou moins convaincantes.

L'intruse pousse un léger soupir pour réprimer son cœur qui bat la chamade. Instant d'hésitation légitime.

Pff! En quoi c'était trop dur de rester à la maison!?

Une fois encore, elle patiente un peu plus longtemps que nécessaire afin d'être certaine de ne pas être surprise.

OK, plus un bruit depuis quelques minutes.

Elle parcourt la salle à pas lents, une main frôlant parfois les tables comme si elle ressentait une présence diffuse. Ambre ne l'avait pas tout de suite remarqué mais plusieurs chaises sont renversées, signe supplémentaire qu'il s'est produit quelque chose d'anormal. Elle finit par retourner dans le couloir. De quel côté se diriger? L'instinct prédomine de nouveau, elle serait allée à droite... Pas pour fuir, pour chasser, elle aussi... Elle s'immobilise, saisie d'effroi d'être capable de percevoir tout cela, au point de douter. A-t-elle déjà vécu ces instants? Des larmes coulent lentement sur ses joues lorsqu'elle en vient à imaginer la détresse d'Emmy Fields, jusqu'à entendre ses cris.

Vertige. Nouvel arrêt où elle se rattrape au mur couvert de graffitis à peine secs et inachevés.

Envie de vomir. Goût de bile dans la bouche.

Ambre se traîne péniblement jusqu'au gymnase, quelque chose l'y attire et la repousse tout autant. Lutte intérieure. Nouvelles nausées.

Personne ne semble se trouver de l'autre côté des portes coupe-feu. Est-ce si étonnant lorsqu'on connaît un peu Tilsville ? Meurtre abominable ou pas, les gens ont à faire, et cet épisode malheureux se transformera bientôt en reproches à l'encontre des parents de la victime : « Ils n'avaient qu'à mieux éduquer leur fille ! Ça ne serait pas arrivé ! »

L'adolescente passe d'abord la tête. Les agents d'entretien ont déjà fait leur office. Le gymnase n'affiche aucune trace d'une mise à mort bestiale, comme elle se l'imaginait. Pourtant, à son entrée dans la salle, elle est obligée de réprimer un frisson, de ceux qui sont plaisants, qu'on aime ressentir. Le sang, toujours. Il lui envahit les narines jusqu'à provoquer son désir. L'espace d'un instant, elle en veut encore à Tal. Il aurait dû la faire sortir…

Qu'est-ce qui va pas chez toi !?

Ambre s'arrête.

Sentiment d'horreur. Aucun doute, c'est ici qu'Emmy a perdu la vie. Son corps a ensuite été traîné à l'extérieur. Pour quelle raison ? Elle l'ignore. Ses sens se brouillent. Quelques fines perles rouges ont été oubliées sur les lattes du parquet : dégoût, révulsion, envie, faim…

La jeune fille s'apprête à ressortir avant de se raidir davantage en entendant la voix de M. Pliks.

— Non, Miss Granger ! Je vous l'ai déjà dit ! Vous n'avez plus d'enfant au lycée depuis longtemps, votre fils est parti vivre en France ! s'emporte-t-il, passablement contrarié. Allons, allons, je vais vous raccompagner…

— Vous êtes sûr ? insiste la vieille épicière qui a manifestement perdu la tête. Il m'a pourtant semblé qu'avec mon Todd…

Soupir bruyant du proviseur.

— Non, et vous n'avez pas non plus de petits-enfants, Miss Granger, reprend-il, vous devez confondre avec une de vos clientes…

— Ah ? Si vous le dites, mon cher Ruppert ! Au fait, comment se porte votre maman ? demande-t-elle tandis que leurs voix s'éloignent.

La scène, plutôt cocasse dans ce contexte dramatique, a le mérite de soutirer un sourire à Ambre.

Maintenant, bon courage pour t'en dépêtrer !

Elle peut enfin sortir. Contrairement à l'usage, l'emplacement du corps d'Emmy n'a pas été tracé au sol. Amateurisme policier ou refus de s'embarrasser ?

Juste Tilsville.

Les larmes se remettent à couler sur ses joues, abondantes. Le froid, mordant, cherche à les cristalliser à défaut de pouvoir la faire frissonner. Ambre est trop occupée à refouler un sentiment malvenu, celui de la jalousie. Oui, une part d'elle aurait aimé se trouver ici la nuit dernière…

PISTAGE

Un jour après la pleine lune

Ambiance fétide.
La rage au cœur et aux tripes.
Trouver l'autre.
Chasser l'autre.
Reprendre ce qui est à toi…
Le territoire.
Les proies.
Une seule place.

Ambre refoule les pensées qui embrument son cerveau en l'envahissant par bribes. Ses yeux balaient un carré d'herbe voisin des lieux du drame.

C'est par là qu'il est parti…

Il ? Oui, il. Quasi-certitude.

Elle finit par longer une clôture jusqu'à trouver la brèche, à une centaine de mètres. Le passage n'est pas une évidence au premier coup d'œil. La jeune fille n'est pas sûre que les policiers l'aient remarquée, car les mailles du grillage ont été resserrées pour s'entrecroiser et refermer provisoirement l'issue.

Réparation de fortune ou dissimulation ?

Son regard plonge à hauteur de mollets. Selon les leçons de son grand-père, l'extrémité des tiges métalliques aurait pu être fatale à l'animal si elles avaient été rouillées…

— Dommage, ça nous aurait fait gagner du temps ! marmonne la lycéenne d'un ton plus apaisé.

La raison de ce brusque changement d'attitude devient plus évidente lorsqu'elle se penche pour pincer du bout des ongles un butin quasi invisible à l'œil nu : trois ou quatre poils qui, à se fier à son odorat surdéveloppé, ne sont pas les siens…

Soulagement.

Elle doit le dire à Tal ! Elle aimerait pouvoir l'appeler tout de suite. Elle a besoin de se confier, mais il lui a appris à faire sans…

Ce n'est pas elle. Non, ce n'est pas elle la meurtrière d'Emmy. C'est l'autre.

Elle frôle la crise d'angoisse à l'idée qu'il puisse être là, tout près. Peut-être même qu'il l'a déjà croisée sans qu'elle s'en aperçoive ? C'est la première fois que ce cas de figure se présente. Deux ans que tout était sous contrôle, deux ans pendant lesquels Talbert était là, à ses côtés…

Une lutte de territoire ?

Peuh ! Si c'est juste pour ça, je te laisse toute la forêt, pauvre taré ! songe-t-elle.

Ambre hésite à tordre à nouveau le grillage pour rouvrir la brèche et emprunter le même passage. Finalement, elle juge plus opportun de faire marche arrière pour ressortir par où elle est entrée.

En chemin, elle aperçoit le principal qui retourne à son bureau comme un petit cochon à bout de souffle. Un moment de distraction qui lui vaut de tomber nez à nez avec l'artisan vitrier.

— Qu'est-ce que tu fais là, toi !? questionne l'homme, surpris de découvrir une élève dans l'enceinte. Je croyais que le lycée était fermé.

L'adolescente rougit tout en se maudissant pour son imprudence.

— J'ai eu le droit de venir chercher mon livre de maths, on a un contrôle la semaine prochaine et…

— Et tu l'as trouvé ? insiste l'ouvrier en voyant que la fille a les mains vides.

— Euh… non ! admet-elle. En fait, je me suis souvenue qu'il était resté chez mon grand-père…

— Ah…

— Bon ben j'y vais, conclut-elle en filant pour ne pas lui donner l'occasion de l'interroger davantage. Bonne journée, m'sieur !

— Ouais, c'est ça, maugrée le vitrier avant de se retourner pour inspecter les finitions de son travail.

Une vingtaine de minutes. C'est le temps qu'il faut à Ambre pour se faufiler jusqu'à l'autre côté du grillage. Cette fois, elle prend garde à ne pas faire de rencontre involontaire, en l'occurrence avec les policiers en faction. Ce qui, en soi, n'est pas compliqué puisqu'ils sont occupés à discuter avec un troisième homme, au crâne dégarni, penché à la vitre de leur voiture. La jeune fille présume qu'il s'agit de l'inspecteur Foster, entendu un moment plus tôt en compagnie de la secrétaire.

À présent, c'est le bras de forêt qui s'étend derrière le lycée qui s'offre à elle. Le début d'une mission impossible pour une personne seule et qui ne sait pas vraiment ce qu'elle doit chercher. Ambre se concentre dans l'espoir de reprendre la piste, ses narines se froncent jusqu'à se déformer.

Jamais rassasié.

Encore.

Oui, l'autre en voulait encore et s'est engagé de ce côté, après les herbes hautes qui auraient dû être fauchées au printemps pour limiter les risques d'incendie – si l'administration Pliks n'avait pas oublié.

L'adolescente disparaît rapidement derrière les troncs de conifères et d'arbres à feuilles caduques aujourd'hui nus. Désormais, elle a peu de chances d'être surprise au détour des ronciers qui lui griffent le jean.

Moment d'incertitude.

L'humus, les feuilles pourries, la trace du passage d'un sanglier, plusieurs éléments cherchent à la faire bifurquer. Mais pas seulement. Ambre croit aussi discerner une odeur humaine : un parfum de jasmin, peut-être ? Bref, une personne qu'elle ne peut pas identifier mais dont la bête qui sommeille en elle se serait repue avec un plaisir évident…

Arrêt brutal.

Après quelques centaines de mètres, plus rien.

Pas que la piste se soit envolée, non. Elle ne sent plus rien. Comme si son corps venait de décider de lui interdire l'accès à ces informations après l'avoir conduite jusqu'ici, dans les bois, au beau milieu d'un versant où elle n'aperçoit pas le début d'un chemin.

Ambre prend une grande inspiration pour rebooter la machine, comme on le ferait avec un ordinateur.

Ses sens olfactifs restent en panne. Refus total.

— Quelle chiotte ! lâche-t-elle, sûre que ses mots ne trouveront pas d'oreilles aux alentours.

Tout ça pour rentrer bredouille ? Il y a de quoi l'avoir mauvaise.

Enfin, pas tout à fait bredouille.

Elle a quand même eu la confirmation qu'elle était venue chercher : elle n'a pas tué Emmy. Ce n'est pas rien, même si ça ne ramènera pas cette pauvre fille dans le monde des vivants.

Vibrations au milieu des bois. Elles récidivent et résonnent pour livrer un bruit qui ne devrait jamais se produire ici. Rien d'anormal ou de bestial, juste son téléphone dans la poche de son blouson. Un appel de son père.

— Oui ?

— Ton grand-père est réveillé… Tal est un dur à cuire, il va s'en sortir !

Silence.

Ambre s'effondre dans la boue. Elle libère d'abord un sanglot, puis une cascade de larmes.

Tal... J'ai eu... si peur...

Rage toujours présente, larvée plus profond, comme refoulée avec la bête mise en sommeil.

L'ombre dans les bois l'observe sans bouger.

*

Comme l'avait annoncé le médecin urgentiste, il a fallu attendre deux jours avant d'obtenir l'autorisation de rendre visite à Tal. Ce même toubib s'est voulu rassurant, avec une blague vaseuse faisant état du nombre de crises cardiaques qu'il a soignées à Tilsville depuis le début de sa carrière, chiffre impressionnant selon ses dires.

Ambre préfère se rendre seule à l'hôpital, à pied, après avoir insisté auprès de ses parents, surtout son père. Le lycée est encore fermé et elle a juste échangé par messages avec les garçons, se retranchant dans sa chambre comme pour contrebalancer le mensonge de sa fugue liée à sa quête d'indices sur cette nuit tragique.

Sur place, c'est une claque. Loin de ce qu'elle pouvait imaginer.

Tu t'attendais à quoi ? songe-t-elle sans desserrer les lèvres.

Ce n'est pas tant le décor de la chambre qui la déçoit, c'est une chambre d'hôpital comme il en existe des milliers. Certes, elle est un peu étriquée, avec son lit médicalisé et tout l'appareillage nécessaire autour pour l'assistance respiratoire. Le plus dur à encaisser, c'est lui, avec son visage en partie caché derrière un masque à oxygène, et surtout son inertie presque mortuaire et sa peau blafarde, si fine sur ses avant-bras qu'on a l'impression de pouvoir voir au travers.

Retenir d'autres larmes.

Oser parler.

Sans rien lui dire.

Juste lui faire comprendre qu'il n'a pas à s'inquiéter.

Elle saura se protéger.

L'empêcher.

Interdire l'autre.

Les yeux de Talbert sont mi-clos et ses cils tremblent très légèrement. Il la fixe et sa bouche violacée s'entrouvre pour libérer un soupir qu'elle devine rassuré.

— T'en fais pas, ça va aller, murmure-t-elle, je gère…

Son grand-père ferme les yeux.

La fatigue ou l'incertitude ? Difficile de décrypter.

— Il y a une fille au lycée, chuchote Ambre, Emmy…

Elle se tait un instant, puis poursuit :

— Ce salaud l'a tuée... J'ai trouvé un début de piste dans les bois... C'est pas moi... Je suis sûre...

Tal ouvre les yeux à nouveau et cligne les paupières plusieurs fois.

— Je vais le coincer, gronde Ambre avant de se reprendre : ou plutôt, on va le coincer ensemble... Dès que tu seras sur pied, OK ?

Son grand-père la fixe pour cligner des yeux une fois.

— Je vais prendre ça pour un oui, déclare-t-elle, mais t'inquiète pas... J'ai compris ce que t'essaies de me dire, je ferai gaffe... promis. Je vais commencer par le collège. Helm et sa bande... Je vais me renseigner pour savoir s'ils ont un alibi qui tient la route.

Le regard de Tal, creusé au-delà de ce qui lui semble possible, se plisse pour afficher un air toujours plus inquiet.

L'homme est encore incapable de lever le bras, mais il bouge faiblement les doigts de la main gauche pour l'inviter à glisser sa main dans la sienne.

Ambre obéit. À défaut de pouvoir le serrer contre elle, elle n'attendait que ça. Ses doigts bosselés, les cals familiers de ses mains, tout lui paraît plus petit. Fragile.

— Tu m'as fait peur, tu sais..., murmure-t-elle en baissant la tête.

Effort et infime pression de la main de la part du vieil homme.

Fine larme qui perle pour disparaître le long du caoutchouc du masque à oxygène. Tal comprend. Il s'excuse avec le peu de moyens que son corps malade lui accorde. Son cœur est usé. Les médecins l'ont déjà prévenu. Il va devoir apprendre à se ménager, et le chemin sera long avant que sa sortie soit envisagée. Il doit s'estimer heureux d'être en mesure de poursuivre sa vie dans cette chambrette.

Pour l'instant, Tilsville l'a épargné. Mais qu'en sera-t-il lorsqu'elle se retrouvera seule à la prochaine pleine lune ? Talbert ne peut s'empêcher d'y songer. Sa langue reste collée à son palais, impossible en l'état de parler et encore moins de lui indiquer quoi faire ou comment agir.

— Je t'ai déjà dit que tu n'avais pas à t'inquiéter, insiste sa petite fille en devinant ses pensées. Je suis aussi une Montaigne ! conclut-elle pour sceller son propos et lui rappeler leur dureté de caractère dans certaines circonstances – telles, par exemple, que sa relation avec sa mère.

D'ailleurs, pour ultime preuve dans un autre registre, Victoria aurait dû être la première personne à rendre visite à son père, et ce n'est pas le cas. Ambre ne doute pas une minute que sa mère pourra opposer une liste d'excuses longues comme le bras à qui osera lui en faire la remarque à la pharmacie. L'esprit de famille des Montaigne est lisse en apparence, mais abrasif comme du papier de verre en vérité.

Il y a, entre sa mère et son grand-père, quelque chose qu'elle ignore mais qu'elle sait réel et sous-jacent, de l'ordre des non-dits qui vous hantent pendant longtemps pour vous alourdir la vie…

Dernier silence avant le passage de l'infirmière de garde, et le partage d'un dernier regard qui lui rappelle que le danger est là, tout près.

CONVOITISE

Cinq jours après la pleine lune

Remue-toi, Gus!

C'est la centième, voire la millième fois, que Giuseppe se le répète. Il a enfin pris son courage à deux mains, prêt à faire fi des refus d'Ambre lorsqu'il lui a proposé de rester à ses côtés.

T'es en train de la perdre, là... Elle pète les plombs et fait n'importe quoi... Qu'est-ce qu'elle foutait en forêt? Elle a forcément besoin de toi, d'un ami, de...

Il se serait bien vu débarquer devant chez elle sur sa moto pétaradante, en digne chevalier blanc. Mais Gus n'a pas de moto, juste son vieux vélo qui couine un peu depuis que Helm lui a voilé la roue arrière d'un coup de pied. Peu importe, il est là. Il est paré. Il est même à deux doigts de lui dire, lui avouer qu'il...

Pas aujourd'hui... pas maintenant... sois patient...

Montée et descente d'un trottoir, coups de pédale plus rapides. Gus se sent léger, prêt à s'envoler. Les papillons dans son ventre en témoignent. Un vague sentiment de gêne l'empêche de crier son enthousiasme, encore une fois ce n'est pas le bon moment, pas après ce qui est arrivé à Emmy au lycée, ni après la crise cardiaque de son grand-père…

La première, Gus la connaissait de réputation. Elle n'était pas une invisible comme lui, mais pas non plus une emmerdeuse à la manière de Helm et sa bande.

Si elle n'avait pas cherché à se venger du proviseur, aussi…, songe-t-il dans un élan de récrimination. *Si ça se trouve, c'est lui qui l'a flinguée!*

En ville, les rumeurs vont bon train et se propagent plus vite que la gale. On y parle à nouveau d'un animal sauvage qui se serait aventuré en lisière de forêt. En somme, toujours la mauvaise rencontre au mauvais endroit.

— Ça craint! murmure-t-il.

Mais les habitants de Tilsville ne comptent pas se laisser aller, et de nouvelles battues sont organisées. Gus a prévu de proposer à Ambre d'y participer ce samedi, et ses pensées retournent au grand-père de cette dernière.

Il connaît un peu Tal, homme des bois respecté de leur bourgade. Des salutations polies, ce sont les principaux échanges qu'il a pu avoir avec lui. Il n'a jamais vu sa fameuse cabane nichée dans la forêt où Ambre va dormir une fois par mois pour lui tenir compagnie ; surtout en respect du vieil adage qui dit qu'il ne faut jamais déranger un ours dans sa tanière.

Un dernier tournant avant d'arriver à destination, Gus ralentit pour masquer son impatience de la retrouver. Il espère qu'elle va mieux, même s'il n'a pas vraiment compris pourquoi elle s'est renfermée dans sa coquille après qu'il l'a rejointe à l'hôpital. Depuis, leurs échanges pleins de banalités et le seul appel auquel elle a bien voulu répondre l'ont inquiété.

Coup de frein brutal.

— Sérieux !?

Gus reste à distance comme quelqu'un qui vient de surprendre ce qu'il n'aurait pas dû voir.

Gabriel sort à l'instant de chez Ambre. Le temps d'une brève étreinte et le garçon s'éloigne en regardant vers le perron.

Gus serre les poignées de son guidon. Il aimerait avoir le courage de faire un dérapage sous le nez de Gabriel et de lui mettre son poing dans la face en lui rappelant qu'il était là avant lui. Ce courage, il ne l'a pas. Et une part de lui sait que la situation est stupide, qu'il n'y a pas d'histoire de priorité en amour et que seul le cœur parle. Le sien reste muet, alors il fait demi-tour.

*

Le cœur ou la raison ? Gabriel ne se pose pas la question. Pas maintenant, aucune envie de gâcher ce moment.

Ambre l'a appelé. Puis, au fil de leur discussion, au cours de laquelle il a tenté de lui remonter le moral de façon complètement minable (avec des blagues toutes plus nulles les unes que les autres), elle lui a proposé de passer chez elle. Il ne s'est pas fait prier. Oh, il ne s'est rien passé d'extraordinaire, la mère d'Ambre était là de toute manière. Non, ils ont juste préparé des pancakes ensemble et il a pu lui prouver qu'il n'est pas nul qu'en blagues… Quel fou rire quand il a cassé un œuf qui a atterri droit sur ses baskets !

J'espère que j'arriverai à les nettoyer…, se dit-il tandis qu'il arpente les trottoirs de Tilsville au hasard.

Pas envie de rentrer. Pas tout de suite.

Savourer, malgré cette saleté de ville fadasse au possible. Tirer la langue à la vieille schnocke qui l'observe derrière son rideau. Se moquer de ces espions d'opérette qui pensent être à l'abri dans leur petit confort.

Il se passe quelque chose entre Ambre et lui, c'est sûr. Ils ne se sont pas embrassés, elle lui a juste effleuré le coin des lèvres. Volontairement ou par accident ? Gabriel préfère se dire que c'était voulu, et même prémédité !

Dis donc, je vais devoir faire attention… Cœur guimauve, c'est pas mon genre pourtant !

Ouais, mais elle est chouette, cette fille, avec ses faux airs de miss plutôt friquée et de « passe ton chemin, je sais me débrouiller toute seule… ».

Justement, elle n'a pas besoin de toi, mon gars ! T'es personne… Toi, tu pointes au commissariat !

Et alors ?

Tu crois peut-être que ses parents vont te laisser la voir ? Tranquille, comme ça : « Hé, bienvenue, loser ! Fais comme chez toi ! »

Je ne suis pas si nul, j'ai pas eu de chance, c'est tout…

T'as raison, fais-toi des films ! Pas besoin de casting, tu seras parfait dans le rôle d'une autruche !

Le sentiment de l'imposteur ronge Gabriel de l'intérieur. Trop de choses se bousculent entre envie, désir ou nécessité. Il s'assoit sur le dossier du banc d'un square en bordure de centre-ville, où trône la statue d'un personnage connu que lui ne connaît pas, et rentre le cou dans le col de son caban.

— Ça caille !

Un temps à neige. Le défilé des bagnoles est clairsemé. Les gens restent chez eux. On les comprend, vu ce qui se passe ces derniers temps.

Sérieux, faut que j'arrive dans ce bled pour qu'une nana du lycée se fasse bouffer !

Poissard jusqu'au bout… et tu veux sortir avec ta princesse ? T'es même pas capable de te contrôler !

Soudain, une voiture s'arrête devant le square. Les gyrophares sur son toit transpercent la lumière de fin d'après-midi. La nuit tombe vite en cette saison.

Deux hommes en uniforme en sortent pour se diriger droit sur lui. Aucun doute, c'est bien le garçon qu'ils cherchent.

— Gabriel Stevenson ? demande l'un, dont le visage est barré d'une moustache d'un autre siècle.

— Euh… oui… pourquoi ? réagit Gabriel en se levant du banc.

— Tu vas venir avec nous, répond le second policier, à l'allure plus athlétique. On a quelques questions à te poser…

— À quel sujet ?

— Commence pas à faire le malin avec nous, gamin, reprend le premier agent. Emmy Fields, t'en as entendu parler ?

— Hein !? Qu'est-ce que vous racontez ? s'insurge Gabriel en reculant d'un pas. J'ai rien à voir avec ça, moi !

— Justement, on est là pour tirer ça au clair, explique le deuxième homme d'une voix sans appel. Mains dans le dos…

— Question de sécurité, ajoute le moustachu d'un air narquois.

Gabriel blêmit devant ce nouveau choix cornélien : fuir en courant ou obéir ?

Cette fois, la raison l'emporte, et il se retrouve bientôt assis à l'arrière de la voiture de police. Les mains liées par une sangle plastifiée.

L'exemple parfait d'un serial loser…

C'est au moment d'embarquer que Gabriel remarque leurs yeux braqués sur lui : derrière les fenêtres, les rideaux, dans la rue aussi. Il n'arrive pas à savoir combien ils sont. Plus qu'il ne l'imagine. Ces habitants, qu'il ne connaît pas pour la plupart, l'ont déjà jugé. Certains passent des coups de fil pour propager la nouvelle :

— Le fils de la serveuse… Oui, chez Rex…, raconte au téléphone l'épouse d'un ouvrier de la fabrique de gants Helm. J'ai dit à Sam qu'elle avait mauvais genre et qu'il ne devait plus y aller… J'en étais sûre !

Chez ses voisins, on devise sur le pourquoi car, forcément, ce gamin qui vient d'être embarqué est coupable. Emmy Fields, qu'on jugeait pourtant comme une fille mal éduquée quelques heures plus tôt dans cette même pièce, se trouve affublée d'un :

— Pauvre petite ! La jalousie, sûrement !

Les mots de la mère de famille prête à passer aux fourneaux en rêvant en secret qu'un jour son mari s'y dévoue :

— Quel sale type !

D'autres spectateurs de la scène ne tardent pas à s'assurer que leur porte est verrouillée à double tour, tandis que l'ingénue Miss Granger ferme son épicerie un peu plus loin en oubliant une fois de plus de descendre le rideau métallique.

« Bienvenue à Tilsville » indique le panneau à l'entrée de la ville. Une demi-vérité si on ne marche pas dans les clous. Ici, le moindre écart par rapport aux règles ne se fait qu'à l'abri des indiscrets, et ce n'est pas si simple… Ainsi Rex qui en ce moment même grille une cigarette, caché dans l'impasse derrière son bar, alors qu'il a juré mille fois qu'il avait cessé de fumer. Ou le proviseur Pliks qui sort à l'instant de chez lui pour aller s'acheter des beignets, bien qu'il vienne d'annoncer à sa chère maman qu'il se rendait au poste de police. Même Charles assure à la mère d'Ambre qu'il a rendez-vous à la banque, alors qu'il passe devant sans s'arrêter… Un vieux proverbe dit que les loups doivent ranger leurs crocs. Ici, c'est une réalité.

Sirène et gyrophare. Départ en fanfare. La totale pour Gabriel.

C'est soir de spectacle. La dernière fois, c'était ce junkie qui avait été arrêté alors qu'il se promenait nu en plein centre-ville en prétendant communier avec la nature. C'était quand, déjà ? Il y a six mois ?

De son côté, Gus se vautre dans le fauteuil du salon pour ouvrir le paquet de marshmallows acheté à l'épicerie Granger plus tôt dans l'après-midi. Finalement, il ne le partagera pas. Avec personne…

Il tourne la tête. Sa mère est au téléphone avec son père, commercial censé être en déplacement à une centaine de bornes.

Après tout, qu'est-ce qui le prouve ? pense son fils en tendant l'oreille.

Ses parents discutent de l'arrestation d'un jeune homme…

Il a bien fait, c'est évident. Ce type est louche. Gabriel Stevenson traîne souvent le soir dans les rues de Tilsville.

Il l'a déjà aperçu pendant qu'il sortait les poubelles… Mieux, il l'a suivi à deux reprises !

Non, ce garçon n'est pas net. Quoi de plus légitime que d'avoir passé un appel anonyme à la police pour l'aiguiller sur sa piste ?

STIGMATES

Trois jours avant la pleine lune

Il faudra des jours, des semaines entières et certainement des mois pour effacer les traces. Ambre ne peut qu'imaginer ce que Gabriel a enduré. Elle-même a été accablée en apprenant la nouvelle. Il n'a rien fait, elle le sait.

Déjà trois semaines qu'il s'est emmuré dans un pseudo-mutisme. Faute d'éléments à charge, la police l'a relâché le lendemain d'une arrestation qui fait toujours les gorges chaudes de Tilsville.

Le lycée a rouvert. Une fermeture aussi longue, c'était du jamais-vu depuis 1974 et la disparition d'un jeune qui faisait un stage à l'entretien.

Une minute de silence a été accordée à la mémoire d'Emmy Fields. Ensuite, les cours ont repris dans l'indifférence générale, ou presque. Pourtant, Ambre le sent, quelque chose s'est brisé entre ces murs. Elle ne saurait dire avec exactitude de quoi il s'agit, mais les élèves se comportent différemment. Inconsciemment, ils restent sur le qui-vive.

Heureusement, il y a des choses qui ne changent pas. Comme Gus :

— Bien dormi ? lui demande-t-il à l'endroit où il l'accueille chaque matin avant qu'ils entrent en cours.

Ambre l'accompagne tandis qu'il part cadenasser son vélo sur un rail au milieu des autres.

— Mouais, répond-elle, je crois.

— Il vaudrait mieux, parce qu'avec l'évaluation prévue par Flow, t'as intérêt à avoir les yeux ouverts !

Demi-sourire. Elle s'aperçoit qu'elle n'est pas sympa avec son ami en ce moment, presque antipathique alors qu'il a toujours été là pour l'écouter, même s'il ne comprend pas toujours ses allusions. Ambre a longtemps hésité à lui confier ce qui lui arrivait… Tal le lui a interdit. Mais peut-être qu'elle devrait reconsidérer la chose ? Lui comprendrait. C'est sûr. Il est son ami, un vrai, de ceux sur lesquels on peut compter au point de leur dire : « Hey ! Au fait, tu vas pas le croire, mais tu sais… quand la pleine lune arrive… eh ben… »

Elle s'abstient, comme elle l'a toujours fait, et préfère s'attarder sur une banalité du quotidien même s'il y a plus important.

Plus grave surtout.

La nouvelle lune arrive. Il va falloir gérer.

Reste trois jours pour parer aux éventualités d'une attaque.

Rassurer encore son grand-père, comme elle le fait depuis des semaines, pour éviter qu'il ne se sauve de l'hôpital dans le but de l'aider.

Veiller à ce que tout se passe au mieux.

Se cacher. Mieux, se terrer.

Ambre et Gus pénètrent dans le bâtiment principal du lycée. Elle cherche Gabriel des yeux et le trouve devant son casier.

— Salut, ça va? demande-t-elle en approchant avec tous les signes de bienveillance possibles affichés sur le visage.

— On fait aller, soupire son ami sans tourner la tête.

Gus est resté en arrière sans dire un mot. Ce semi-mutisme de Stevenson l'arrange. Pas besoin de faire semblant.

— Tu viens à la battue, ce soir?

— Je pense… j'sais pas encore. J'ai peur que…

Gabriel lève enfin les yeux sur elle.

— Je voudrais bien aider, mais je ne suis pas sûr d'être le bienvenu.

— Au contraire, tente de l'encourager Ambre, qui songe qu'il aurait tout intérêt à prouver aux mauvaises langues de Tilsville son implication dans les recherches.

— Non, il a raison, intervient Gus, attentif, sans pour autant s'adresser au principal intéressé. C'est mieux qu'il ne soit pas là… On ne sait pas comment les gens peuvent réagir, tu comprends ; c'est Tilsville, quoi…

La jeune fille se renfrogne en voyant Gabriel accepter ce verdict sans broncher.

Subir, encore.

— OK, c'est comme tu le sens, finit-elle par lâcher avant de partir, la boule au ventre, prenant Gus de court et le laissant sur place sans ménagement.

L'évaluation promise par Flow se déroule en fin de matinée dans une ambiance plus froide que la salle d'exposition d'un commerce de pompes funèbres. L'enseignant est conscient lui aussi du malaise qui flotte dans sa classe. Tous les esprits sont ailleurs. Chacune ou chacun devient un étranger pour l'autre, et la sonnerie de fin de cours fait l'effet d'une libération.

L'étape de la cantine est un énième révélateur. Les groupes homogènes sont aujourd'hui disparates. On ne se fait plus totalement confiance.

Ambre s'assoit à une table au hasard, et un lycéen déjà installé s'écarte d'une place, comme si la promiscuité pouvait être source de danger.

— Je peux? demande Gus en tirant la chaise en face d'elle.

— J'ai envie d'être seule…, répond-elle, les yeux rivés sur Gabriel, assis lui aussi en solo à l'autre bout de la salle.

— OooK… sympaaa…, traîne la voix de son ami.

Il cherche une autre place qui ne soit pas trop proche de Helm, qui ricane en regardant dans sa direction.

— C'est bon, rectifie l'adolescente en faisant reculer la chaise du pied. Désolée, je suis un peu sur les nerfs…

— Comme tout le monde, répond Gus en profitant aussitôt de l'aubaine de ce changement d'avis.

La suite du repas se fait en silence malgré trois tentatives de conversation sur les cours de l'après-midi, et même sur l'amélioration de l'état de son grand-père.

À force de jouer les invisibles, Gus le devient pour de bon.

*

Gabriel ne vient pas à la battue.

Préférable, selon Gus.

Vas-y, t'as raison, laisse-moi tomber quand j'ai besoin de toi, songe Ambre.

Elle marche en ligne en forêt avec d'autres volontaires qui jouent les rabatteurs pour plusieurs groupes d'hommes armés de fusils de chasse. Elle sait qu'ils n'auront pas à s'en servir puisque le coupable n'est pas celui qu'ils cherchent. L'autre n'est pas là. Pas encore.

A-t-il lui aussi une peur folle de l'abandon?

Ambre rejette cet instant de compassion involontaire.

Hors de question pour elle de rester seule dans la cabane de Tal jusqu'à la fin de ses jours. Son grand-père est toujours à l'hôpital et, s'il n'a pas retrouvé l'usage de la parole pour l'instant, il s'est vite montré capable d'utiliser une ardoise, de celles qu'on trouve à l'école primaire… Lors de la dernière visite d'Ambre, dès la première minute, le feutre effaçable a fonctionné sans interruption pour délivrer un milliard de consignes à appliquer pour la prochaine pleine lune:

Fermer toutes les portes après avoir placé des guirlandes de conserves rouillées sur le seuil. (Celles qui sont stockées sous l'appentis.)

Veiller à éteindre les lumières.

Vérifier plusieurs fois les chaînes.

Les verrous.
Le collier surtout.
Cacher la clé comme d'habitude.
Tu sauras?

Bien sûr qu'elle saura! Comme si elle avait un autre choix! Mais Ambre s'était surtout évertuée à le rassurer. Tal, à l'inverse, a toujours été là pour elle…

Tes parents?

Ambre a fait la moue. D'habitude, l'alibi du grand-père qui vit tout seul dans les bois est une parfaite excuse pour découcher une fois par mois.

— Je vais dormir chez une copine?

Tu as des copines? a écrit son grand-père. *C'est nouveau?*

— Ouais, bon… Exagère pas, j'ai des potes quand même! C'est juste que je reste à distance pour… enfin, tu sais…

OK. Tâche d'être persuasive, a conclu son grand-père à défaut de trouver une excuse plus plausible. *Donne-leur des détails et sers-toi des battues pour trouver un nom acceptable…*

Beth Cooper.

C'est sur une lycéenne d'une autre classe que la sienne qu'elle jette son dévolu. Elle a le profil d'une fille sans histoire et paraît relativement impliquée dans le volontariat en général. Ambre la sait déjà très investie lors des campagnes pour le ramassage des déchets dans le cadre de la protection de l'environnement. Dès le début de la battue, elle a pris soin de se placer à ses côtés pour pouvoir discuter tranquille :

— Tu crois qu'on va lever quelque chose ? lui demande la brunette aux cheveux ras après quelques pas dans les taillis du périmètre de forêt choisi par les policiers qui dirigent les recherches.

— J'espère, ment-elle.

— Moi aussi, répond Beth.

Puis, après quelques minutes, elle ajoute comme si elle s'y sentait obligée :

— Tu sais… moi, je crois qu'il est innocent.

— Qui ça ? interroge Ambre, naïve.

— Ben, ton copain !

— Ah… oui, rougit-elle, confuse, sans pour autant nier que Gabriel soit son petit ami.

Détonations.

Trois coups de feu viennent déchirer les bois.

Le rang des rabatteurs vole aussitôt en éclats et les volontaires se précipitent en direction des cris de joie, fierté assumée du ou des tireurs.

Sans déconner! songe Ambre en suivant le mouvement. *Qu'est-ce qu'ils ont foutu!?*

Elle aperçoit Helm qui brandit son arme et pose devant sa proie : un jeune ours.

Nouvelle victime de cette chasse au fantôme.

Quel est l'abruti qui a laissé un crétin pareil se servir d'une arme? rumine l'adolescente, écœurée de le voir prêt à se prendre en photo, le pied sur un animal mort pour rien, pendant que certains le félicitent.

T'as de la chance d'avoir un alibi avec la petite beuverie organisée chez toi quand Emmy a été…

— Hé ! Montaigne ! Tu veux venir à côté de moi ? Ça te changerait des gros nuls avec qui tu traînes !

— Non merci, la belle et la bête, c'est seulement dans les histoires ! réplique-t-elle du tac au tac en provoquant des ricanements envers le matamore.

Tu me cherches, tu me trouves, connard! Continue à jouer les abrutis… mais je te garde à l'œil!

Helm fait mine de reprendre un peu de prestance en la rejetant d'un haussement d'épaules.

— Peuh ! Tu devrais me remercier, c'est grâce à moi qu'on va pouvoir retourner au lycée sans flipper… C'est cette poule mouillée de Garibaldi qui va être soulagée ! Dommage que ton pote soit pas là, d'ailleurs, j'aurais bien tiré du petit gibier après ce bon gros nounours ! dit-il en se postant à hauteur de la tête de l'animal.

— Super, lâche Ambre en pinçant les lèvres.

Prends-moi pour une imbécile et donne-toi le beau rôle, en prime… T'es pas net, Helm ! J'en suis certaine !

Les policiers inspectent la dépouille de l'ours sous la houlette de Foster, le chargé d'enquête, qui simultanément invite les volontaires à se regrouper. Il est prêt à mettre fin à la battue.

— Perso, je suis comme toi, déclare Beth à ses côtés. Je trouve ça moche… mais faut croire que c'était nécessaire…

La lycéenne ne répond pas tout de suite. À quoi lui servirait-il d'entamer un débat stérile dont elle seule ici détient les clés ? Impossible d'expliquer à Beth qu'elle se trompe et que celui qui a dévoré une lycéenne est… comme elle. Pauvre ours.

— Ça te dit de passer chez moi après ? propose-t-elle finalement. Quand on aura terminé ? On pourrait boire un truc chaud et papoter entre filles ?

Beth marque d'abord un léger étonnement en levant les sourcils, mais son visage se décrispe pour afficher un sourire engageant.

— Ouais, pourquoi pas, ça serait cool!

*

Trois jours se sont écoulés depuis la battue, dont le maire a assuré un large écho alors qu'on exigeait de lui une réunion de sécurité pour Tilsville.

Trois jours. Une éternité faite d'appréhensions, de doutes. Elle a rejoué la scène mille fois dans sa tête.

Ambre tire sur la poignée de la porte une cinquième fois.

La cabane de Tal lui paraît plus froide que d'habitude. Elle se dirige à pas lents vers la pièce où elle doit passer la nuit. Ses parents ont semblé gober le mensonge d'une soirée pyjama chez Beth. Il faut dire que son invitation d'après-battue était une excellente idée, et sa mère ne s'est pas privée de lui montrer qu'elle était heureuse de voir sa fille sociabiliser davantage avec d'autres ados.

Elle ferme la porte, juste deux tours de clé sans le renfort des verrous extérieurs. Cette fois, la clé restera à l'intérieur. Elle la place avec celle du collier puis se déshabille avant de plier ses vêtements pour les empiler sur l'unique chaise. Une fois nue, elle s'agenouille sur une vieille couverture. Ce n'est pas le plaid écossais familier, puisqu'il n'a pas survécu à l'une de ses dernières transformations.

Le moment fatidique. Elle serre le carcan de métal autour de son cou avant de s'assurer plusieurs fois, comme on le fait lorsqu'on est atteint d'un trouble obsessionnel compulsif, qu'il est fermé.

Dehors, la nuit est claire et l'astre affiche enfin sa splendide rondeur luminescente.

Ambre lâche un premier râle malgré elle.

Son corps est pris d'un spasme.

Douleur.

Plus forte.

Violente.

Inhumaine.

Épreuve.

Souffrance.

VORACE

Pleine lune

Le choix. Un ensemble d'éléments qui conduisent à une finalité.

Oser encore l'asphalte et cultiver ce côté qui le rassure en terrain connu.

Un retour aux sources.

C'est ici que se déroulera l'échappée cette nuit.

Tant de proies.

Tant de choix.

Claire soupire, assise dans un vieux canapé de récup' face à une télé dont elle zappe les programmes insipides. Ce soir, elle n'est pas allée travailler. Les crampes d'estomac ont eu raison d'elle. D'habitude, elle passe outre, surtout quand cela ne fait que quelques mois qu'elle tient un job. Mais là, les douleurs ont gagné. C'est psychologique, diraient ceux qui s'improvisent médecins à la première occasion, mais il n'en est rien, c'est juste le cas d'une mère morte d'inquiétude pour son fils.

Gabriel lui a juré droit dans les yeux qu'il n'avait rien à voir avec la mort de cette petite, Emmy. Claire veut le croire. Il le faut.

Reste que cette arrestation l'a chamboulée. La honte de devoir aller chercher son fils au commissariat. Le poids de leurs regards pleins de sous-entendus. Sans compter que cette affaire a littéralement stoppé Gabriel dans son nouvel élan. Ces derniers temps, il avait pourtant manifesté une certaine joie de vivre et paraissait content, ici. Il avait l'air de vouloir se saisir de ce nouveau départ. Hélas, depuis cet épisode, il s'est renfermé sur lui-même, désabusé.

En plus, son fils recommence à sortir jusqu'à pas d'heure. Elle lui en a fait le reproche, mais il prétend avoir besoin de ça pour s'aérer la tête. Ce soir, il n'est pas encore rentré. Il se fait tard, beaucoup trop tard… Que faire ? Appeler la police ?

Je t'en supplie, ne fais pas de bêtises ! continue de se morfondre Claire Stevenson en son for intérieur.

Odeurs de poubelle.

La bête renâcle. Pas l'intention d'y fureter. Il y a mieux, tout près.

Elle reste dans l'ombre et rase les obstacles. Son but est clair, tranché, et elle s'arrête pour observer l'obscurité de la ville.

Humer l'air.

Reconnaître.

Plaisirs de la chasse.

Dolorès. Un prénom réputé dans tout Tilsville. Pas de nom de famille. En tout cas, la plupart ne le connaissent pas. Dolorès, c'est tout. C'est ainsi qu'on appelle cette femme aux cheveux noirs coiffés façon lionne. Elle est la deuxième serveuse en titre chez Rex, où elle bosse en cuisine et en salle depuis plus de vingt ans. Mais ce soir, elle maudit la nouvelle pour leur avoir fait faux bond, ce qui l'oblige à la remplacer au pied levé :

— Voilà ce que c'est de s'emmerder avec des gosses ! peste-t-elle pour elle-même.

Dolorès n'est pas mariée et n'a pas d'enfants. Sa pièce d'identité mentionne qu'elle a une petite cinquantaine d'années, mais elle profite d'en faire quarante à peine pour s'offrir quelques amants. Un « secret » de plus qui alimente les rumeurs de Tilsville.

À quelques minutes de la fermeture du bar, elle hésite encore sur sa proie de la soirée : Marty, le garagiste, ou

Tim, de la ganterie ? Elle sourit, elle aime jouer la croqueuse d'hommes.

La question reste en suspens pour l'instant. Elle termine d'astiquer le zinc pour qu'il soit nickel demain à la reprise. D'habitude, elle ne travaille pas si tard. C'est pour ça que la petite Claire a été embauchée par le patron.

— Pff ! Je devrais déjà être au lit ! regrette-t-elle.

Même Rex profite de sa soirée, c'est dire si elle est contrariée !

La fermeture s'accompagne d'une mise à la porte de deux clients habitués des heures nocturnes, occupés à siroter des alcools forts en faisant mine de fixer la télé suspendue au-dessus du bar pour lorgner la serveuse.

— Allez, les gars, tout le monde dehors ! annonce Dolorès d'un ton sans appel. Demain, j'ai une grosse journée !

Les deux types obéissent sans broncher, ils ont l'habitude et savent qu'il n'est pas d'usage de négocier du rab.

— Bonne nuit, princesse ! salue le plus imbibé des deux, au vu de sa démarche qui tangue.

Le second tient mieux l'alcool ou a moins bu. Il se contente de soulever sa casquette avant de la gratifier d'un non moins cérémonieux :

— M'ame Dolorès !

Puis ils libèrent le trottoir, l'un partant dans un sens et le second dans l'autre.

Pas trop tôt! songe la serveuse en se hâtant.

À la réflexion, elle se sent fatiguée et juge qu'elle ferait mieux de rentrer. Elle habite une maisonnette discrète près du square, à dix minutes de marche. Malgré cela, elle regrette de ne pas avoir sa voiture, en réparation chez le fameux Marty.

— Il fait un froid de gueux! râle-t-elle en relevant son écharpe en mohair au ras de ses yeux.

Dolorès a envie d'une cigarette et s'aperçoit qu'elle a oublié son paquet derrière le comptoir.

— Décidément, c'est pas ma soirée!

Elle hésite à faire demi-tour.

— Tant pis, ma vieille, ça te fera du bien de respirer autre chose que de la nicotine..., s'encourage-t-elle.

Dolorès repart, pétrie d'un sentiment désagréable. Celui qu'on l'observe.

— Bordel, manquait plus qu'un de ces deux poivrots me colle aux basques! marmonne la serveuse, qui a déjà affronté ce genre de désagrément.

Elle accélère le pas.

Parfum.
Elle.
Saveur.
Souvenir.
Fraîcheur.
Viande.

Dolorès glisse machinalement sa main dans son sac. Elle tâtonne à l'intérieur à la recherche de sa bombe à poivre, prête le cas échéant à asperger le visage du taré qui s'amuse à la suivre. Elle l'a. Mais pas question pour elle de jouer la chèvre et d'attendre le bon vouloir du loup, la serveuse exécute un demi-tour aussi sec.

— Toi, tu vas voir ! menace-t-elle à voix haute en faisant claquer ses talons sur le trottoir.

Elle se précipite vers une rangée de poubelles à l'alignement discutable, avant d'émettre un petit rire nerveux en s'apercevant que personne ne se cache derrière.

Quelle idiote ! J'ai vraiment besoin de sommeil…, conclut-elle en levant les yeux au ciel.

Désir.
Faim.
Vorace.

Elle.

Grondement.

Cette fois, Dolorès n'a rien inventé. Elle a entendu un grognement. Celui d'un animal. Peut-être un chien errant? Non, ça a l'air plus gros, mais elle tente de se rassurer en l'apostrophant pour l'inciter à rester à distance:

— Bordel, tu peux pas te trouver un maître au lieu de venir m'emmerder!?

Un bruit de griffes frottées contre un mur.

Il est là, à deux pas, certainement à l'angle de la dernière rue qu'elle a traversée.

La serveuse repense à un reportage qu'elle a vu une nuit à la télé, de ces documentaires animaliers que les chaînes diffusent à des horaires impossibles pour combler leur grille de programmes. Elle n'a pas le temps de songer que c'est étrange, cette référence qui lui vient à l'esprit en ce moment précis. Tout ce qu'elle sait, c'est que le gars de la télé disait qu'il ne fallait pas tourner le dos au lion. Si ça se trouve, c'en est un? Un fauve évadé d'un zoo ou un truc dans le genre? Elle recule, ode à une lenteur calculée, ne pas aller trop vite. Chercher un abri. Peut-être un endroit où se percher en attendant les secours? Se retenir de hurler est une épreuve, mais ça aussi elle s'en souvient maintenant. Ne rien faire qui puisse énerver l'animal.

Peur.
Fièvre.
Palpitations.
Jouer encore.
Faire durer la chasse.

Fin du documentaire. Dolorès cède à la panique. Elle distingue une silhouette qui se dessine en grand sur un mur et, tandis que l'ombre s'étire indéfiniment, elle pense à un ours, puis à un loup, mais en réalité, c'est nettement plus dangereux. La bête pousse un troisième grondement. Monstrueux.

Dolorès s'élance. Elle court le plus vite qu'elle peut, lâche son sac, perd une première chaussure, balance la seconde en arrière. Elle sait l'animal sur ses talons. Ses pieds nus se moquent du sol glacé. Elle ne s'arrête pas.

Arrive le regret des cigarettes qui la privent d'un deuxième souffle. Ses poumons sont en feu. Tant pis. Elle court, c'est tout.

Soudain, elle pense aux voitures garées le long du trottoir. Grimper dessus ne serait pas suffisant, et elle est certaine que la bête est capable de sauter sur un abribus sans difficulté. Quelque part, elle est même étonnée que l'animal ne l'ait pas encore rattrapée.

Avec précipitation, elle tente d'ouvrir plusieurs poignées de portière à la volée. Miracle ! Celle d'une vieille berline américaine s'ouvre !

Elle se réfugie dans l'habitacle et rabat les verrous sur-le-champ tout en poussant de petits gémissements affolés.

La voiture est prise d'une énorme secousse et ses amortisseurs sont mis à rude épreuve. La bête vient de bondir sur le capot. À présent, ses griffes strient l'acier. Dolorès la découvre malgré une furieuse envie de fermer les yeux : hideuse, le poil noir et le museau retroussé qui laisse apparaître des dizaines de crocs pêle-mêle. Son regard d'or la tétanise. Elle tremble, cherche toujours son souffle.

L'animal avance comme si une partie de lui savait déjà comment l'atteindre. Le pare-brise se fêle, puis se lézarde. Il lui faut moins de cinq secondes pour céder dans un fracas de verre.

Chair.
La gorge, d'abord.
La proie est fragile.
Les crocs qui la déchirent.

La viande est tendre, chaude.

Hurlement étouffé, le temps d'un regard avant que tombe un voile de lune dans ses pupilles. La nuit enveloppe le cadavre.

Ainsi s'achève la vie de Dolorès, sans nom, au cœur d'une Tilsville endormie. Un appel au commissariat résonne au même moment. Du tapage est signalé. On a peur d'aller voir. Les policiers de nuit passeront plus tard, ils finissent leur café avant de reprendre leur patrouille.

La faim, toujours.

Il est temps d'agrandir le terrain de chasse.

Envie d'autre chose, pas assez de place, besoin d'espace.

La bête repart en forêt.

Aucun partage, son instinct l'y pousse. Le territoire lui appartient et il faut chercher l'autre, la femelle. Il doit la traquer, la dominer… et surtout, la tuer !

DOUTES

Un jour après la pleine lune

Ouvrir les yeux.

Le soulagement de découvrir un décor spartiate mais familier.

Devoir se servir de la clé pour retirer son collier.

Faire sa toilette, ne pas remarquer d'ecchymoses supplémentaires.

S'habiller. Sentir son corps se réchauffer.

Ambre pousse un soupir. Elle se lève à peine mais est déjà exténuée, prête à aller se coucher. Elle paierait cher pour en avoir le droit. Il faudra attendre. Pour l'instant, sa priorité est de sortir de la pièce et la laisser derrière elle pour ne plus la voir durant un mois. Les murs de sa prison vacillent avant qu'elle ne referme la porte. Elle ressent encore les cris, hurlements à la nuit.

Elle file dans la cuisine se préparer un thé tout en fouillant les placards à la recherche d'un éventuel paquet de biscuits oublié. Soudain, Ambre s'immobilise.

Quelque chose cloche… L'eau de la bouilloire est déjà chaude ! Elle lève les yeux et scrute la pièce en s'apprêtant à voir un diable sortir de sa boîte.

— Y a quelqu'un ? Ohé !?

Étreinte du silence.

Personne.

L'inspection prudente de toutes les pièces, couteau de cuisine en main, donne le même résultat. L'odorat d'Ambre ne détecte que des odeurs familières, rien de vraiment suspect. Reste que l'eau d'une bouilloire ne chauffe pas toute seule et qu'un phénomène d'auto-combustion n'est pas possible, même à proximité d'une fille qui se change en louve-garou les nuits de pleine lune…

L'adolescente repart à vélo, un vieux clou, modèle hollandais avec panier à l'avant, dont elle ne s'est plus servie depuis des lustres et qui devait appartenir à sa grand-mère. Tant pis pour le côté moyenâgeux de son moyen de locomotion, c'est toujours mieux que de devoir commencer la journée par un footing pour arriver au lycée trempée de sueur, avec une odeur de blaireau jusqu'au soir.

Sortie de la zone blanche, Ambre inspecte son smartphone, pas de message. Ses parents lui ont fait confiance jusqu'au bout. Tant mieux. Une part d'elle est gênée d'abuser de cette confiance, mais c'est une nécessité. C'est aussi pour leur bien qu'elle fait ça.

Un texto rapide pour les rassurer, et elle se remet en route avec l'intention d'accomplir un léger détour.

Elle a décidé d'aller à la rencontre de Gabriel. Elle n'a pas encore eu l'occasion de lui rendre visite, mais elle sait qu'il n'habite pas très loin du square près de l'épicerie. Avec un peu de chance, elle croisera sa route et il sera peut-être plus détendu pour discuter en dehors du lycée.

Ambre s'arrête de pédaler à quelques centaines de mètres du square. Elle descend de selle pour marcher à côté de son vélo tout en scrutant les parages. Pas grand monde, en dehors de deux agents municipaux occupés à balayer des morceaux de verre le long des voitures… Aucun Gabriel à l'horizon.

— Mademoiselle Montaigne ?

Elle sursaute, bien que la voix lui soit familière.

— Oh ! Désolé, je vous ai fait peur, s'excuse le professeur Flow en venant à sa rencontre. J'ignorais que vous habitiez dans le quartier… ?

— Euh… non, je viens juste retrouver un ami avant d'aller au lycée !

— Mmm… Stevenson, je présume, poursuit le professeur, un rien inquisiteur. J'avoue que je ne sais pas encore quoi penser de ce garçon ! Je le vois souvent passer sous mes fenêtres, tard le soir…

— Et vous, monsieur, l'interrompt-elle pour l'empêcher de développer, vous n'avez pas cours aujourd'hui ?

— Si, bien sûr, dans deux heures, je rends service à M. le maire en attendant, déclare-t-il avec un sourire gêné. M. Stanton sait que j'aime être utile à notre association municipale…

— Ah ? Bon, ben, je vais y aller ! élude la lycéenne de plus en plus embarrassée. J'ai dû le rater…

— Un mal pour un bien, je présume, répond Flow, figé avec le même sourire artificiel. Ne tardez pas, sinon vous allez être en retard !

Ambre opine en enfourchant son vélo. Elle s'apprête à déguerpir lorsque sa vue se trouble un instant. Elle manque d'en perdre l'équilibre mais veille à ne rien faire remarquer à son professeur, qui continue à l'observer de pied en cap.

— Bonne journée, monsieur ! le salue-t-elle poliment en serrant les dents.

Ce n'est que quatre rues plus loin qu'Ambre prend le temps de s'arrêter pour chercher son souffle.

Elle l'a de nouveau ressenti. L'autre.

Qu'est-ce que ça veut dire ?

*

Gus aussi a un rendez-vous avant d'aller en cours. Ça se passe en bordure de forêt, à trois cents mètres de l'entrée du lycée. Le gars a tenu parole. Leurs échanges ont commencé sur les réseaux, où Gus est la cible des moqueries habituelles. D'habitude, il ne répond pas, mais cette fois il lui a envoyé un message privé qui stipulait :

Ça te dirait de te venger ?

C'est de cette manière que leur conversation a trouvé cette conclusion :

Je te préviens, Garibaldi, ce sera pas gratos !

Et le gars n'avait pas menti :

— Deux cents ? Sérieux, c'est tout c'que t'as ?

Gus se demande toujours s'il a bien fait, mais la rancœur reste la plus forte.

— Ouais… désolé…, répond-il d'une petite voix.

— Pff ! souffle l'adolescent face à lui, qui le dépasse d'une bonne tête. Et t'es certain de pouvoir l'entraîner dans un coin tranquille sans qu'il se doute de rien ?

— Oui… je crois…

— Tu crois ou t'es sûr ? insiste son interlocuteur.

— Je suis sûr !

— OK, pas de témoin… et débrouille-toi pour que Montaigne soit pas là !

— D'accord… On fait ça… aujourd'hui ?

— Non, dans un an ! répond l'autre en haussant les épaules. Bah oui, aujourd'hui ou demain, faut voir, ça dépend de toi, Garibaldi ! À toi d'être convaincant si tu veux qu'on lui mette sa raclée !

Silence.

— Bon, je me tire avant qu'on me remarque avec toi ! grogne celui avec qui Gus n'aurait jamais pensé pactiser. Ah ! Au fait… c'est moi qui m'occuperai de toi quand ça se passera… Tu comprends, il faut que ça soit crédible si tu veux pas qu'on soupçonne ton petit jeu de dégonflé…

— J'suis pas un dégonflé ! tente de protester Gus. C'est juste que…

— C'est ça, ouais ! le coupe Helm en lui tapant sur l'épaule d'un coup sec avant de s'éloigner. On se tient au courant…

Le lycéen le regarde partir avec le sentiment d'avoir mis le doigt dans un engrenage qu'il ne peut absolument plus maîtriser. Est-ce que Gabriel Stevenson mérite tout ça ?

C'est certain.

Ambre. Il doit la protéger de ce type.

Il n'a aucune preuve, excepté que tout est parti en vrille depuis que ce garçon est arrivé en ville, et pourtant…

Je suis sûr que c'est toi, enfoiré!

*

Le réveil de Gabriel crachote depuis combien de temps? Il l'ignore, mais en tout cas son bruit n'était pas assez fort pour le sortir du lit. Il est en retard et fait un boucan de tous les diables dans le studio pour essayer de rattraper le temps perdu. Zapper le petit-déjeuner est une évidence dans ce cas précis, mais il remarque un mot laissé sur la table, dont il connaît bien l'écriture oblique:

Partie travailler pour prendre le service de Dolorès… Rentrerai tard ce soir, je compte sur toi pour te coucher tôt stp. bisous.

Maman

Ce changement d'horaires chez Rex, ça fera toujours ça d'explications en moins. Gabriel imagine déjà la scène tout en enfilant un tee-shirt après avoir vérifié l'odeur sous les bras pour s'assurer qu'elle soit encore acceptable :

« Où tu es encore allé traîner ? Je peux savoir ?

— Nulle part… T'inquiète…

— Si, justement, je m'inquiète ! »

Cette conversation est donc remise à plus tard. Il noue les lacets de ses Converse en quatrième vitesse et se précipite après avoir fermé à clé, puis revient en arrière pour prendre son sac à dos. Faux départ.

— Là, c'est sûr, j'vais être en retard ! grimace-t-il une fois dehors.

Gabriel n'a vraiment pas besoin de se faire remarquer. Surtout après ce qui est arrivé l'autre jour. Mais c'est peut-être encore jouable. Il se met à courir comme un dératé, passe devant l'un de ses profs en pleine discussion avec le maire, qu'il a déjà aperçu deux ou trois fois en ville – et tous deux lui lancent un regard interrogateur. Il accélère encore pour descendre la rue avec le vain espoir de battre le record du mille mètres.

*

Pendant ce temps, Ambre poireaute devant le lycée. Pas de Gabriel ni de Gus, cette journée démarre mal à son goût.

— Qu'est-ce qu'ils fichent ? s'agace-t-elle.

— Hé ! Salut ! l'interpelle une fille dans son dos. Ça va ?

— Oh ! Salut, Beth ! répond-elle en esquissant un sourire. Oui, et toi ?

— Bien, bien… Soulagée !

— Euh… de quoi ?

Beth la dévisage d'un air étonné avant de poursuivre :

— Ben… pour la battue… l'ours… tout ça, quoi…, dit-elle en montrant l'enceinte du lycée.

— Ah oui, bien sûr, tente de se rattraper Ambre, tout ça…

Silence gênant.

— Tu viens ? finit par proposer la brunette en l'invitant à la suivre dans le bâtiment principal. Ça ne va pas tarder à sonner…

— OK, acquiesce-t-elle, contrainte.

— Au fait, reprend Beth en rougissant, car elle sait qu'elle a servi d'alibi pour la nuit. Alors ? Tes parents t'ont crue ?

— Je pense, oui.

— Et alors ? questionne-t-elle, plus curieuse encore. Vous… vous l'avez fait ?

Le rouge aux joues change de camp et Ambre bafouille, nerveuse, en songeant aux explications données à sa camarade pour qu'elle accepte de la couvrir.

— Euh, non… pas encore… On a… on a juste parlé…

— Ah ? lâche l'adolescente, un peu déçue. C'est peut-être mieux de prendre son temps… surtout si c'est la première fois…

— Euh… oui…, continue à bredouiller Ambre.

Quelle idée de lui avoir dit qu'elle passerait la nuit avec Gabriel, aussi !

— On se voit à la cantine ? abrège-t-elle alors qu'elles arrivent devant leurs casiers.

— Ça marche ! répond Beth avec un clin d'œil complice. T'inquiète pas… je serai discrète. Promis, j'en parlerai à personne !

Le problème des mensonges ou des non-dits, c'est qu'ils remontent à la surface un jour ou l'autre. Beaucoup de gens à Tilsville en savent quelque chose.

NETTOYAGE

Un jour après la pleine lune

« Pleine lune, restez chez vous. »

La consigne du maire est connue par un certain nombre de ses administrés, ceux qui sont nés de souche. Les anciens de Tilsville.

Ceux-là savent. Ceux-là obéissent. Surtout quand ça commence…

Fâcheux.

C'est le terme qu'a employé Rob Stanton lorsqu'*elle* lui a appris la nouvelle en pleine nuit, quelques heures plus tôt. Comme toujours, il a répercuté l'appel en cascade, privilège du maire en place. Heureusement, Mme Stanton a le sommeil lourd. Rob a enfilé une robe de chambre, ses pantoufles, et est descendu dans la cuisine.

D'abord, joindre Mike, le chef de la police de Tilsville, pour lui demander de détourner le regard, dans l'intérêt collectif. Ce n'est pas la première fois que la police locale prendra son temps pour arriver sur les lieux de ce qui n'est pour le moment qu'un tapage nocturne. Pas d'urgence pour la patrouille.

C'est chose faite en deux minutes. Voilà ce qu'il apprécie chez Mike, son sens pratique et sa capacité à obéir dans ce genre de cas. Ce n'est pas un hasard s'il a mis Foster sur le dossier de la mort de la gamine. Tout reste sous contrôle.

La demande est légitime. En tant que maire, Rob veut épargner un autre matin difficile aux habitants. Inutile d'attiser leurs craintes, leurs nerfs ont déjà été mis à rude épreuve ces derniers temps.

Il allume la machine à café. La fin de cette nuit s'annonce longue, et Rob espère que tout sera rentré dans l'ordre à l'aube.

Flow lui paraît le plus à même de superviser le terrain pour faire place nette. Il habite au plus près.

— Archi ? dit le maire au téléphone, tout en cherchant les capsules de café que son épouse a eu la mauvaise idée de changer de placard. Nous avons besoin de vous. Un petit incident… Oui, maintenant, cher ami, insiste-t-il. Vous avez tout pouvoir… J'appelle Mortimer et vous aurez deux agents municipaux dans une heure, le temps de… Oui… Je compte sur vous, Archi… Vous savez ce que c'est, moins il y a de monde dans la confidence…

La machine à café vrombit tandis qu'il clôt la conversation par une dernière mise en garde :

— Ni vous ni moi ne voulons la décevoir, Archibald… Vous comprenez ce qui est en jeu… Sinon, venez prendre le café à la maison quand vous aurez terminé… C'est ça, à tout à l'heure !

Rob Stanton raccroche et ses doigts cherchent déjà le contact suivant dans son répertoire.

— Morti ? Oui, c'est Rob. Ramène ta glacière rue du Square… Flow est sur place. Il y a un paquet à retirer… Je crois qu'il y a pas mal de ménage à prévoir… Envoie-moi un message quand tu auras fait le nécessaire, j'appellerai Marty pour la voiture… Non, aucune famille, ne t'inquiète pas… Bien sûr que c'est elle qui m'a téléphoné… Elle sait ce qu'elle fait, tu devrais le savoir depuis le temps !

Double appel.

— Ça commence, gronde Rob, contrarié. Oui ? Taddeus… Oui, je sais, elle m'a déjà prévenu… Aucune importance… Non, pas besoin d'aide, Helm… On gère, merci !

Rob raccroche tandis qu'une goutte de sueur perle sur sa tempe. Tilsville est à l'image d'une toile d'araignée : dès qu'on touche un fil, les autres se mettent à trembler. Cependant, le maire n'a aucune envie de contrarier la maîtresse de ladite toile. L'habit ne fait pas le moine, et Rob la sait par trop redoutable dans ses décisions. Il n'a aucune envie d'en faire les frais. Après tout, c'est grâce à elle s'il a décroché ce mandat. Il serait donc idiot de nager à contre-courant.

— Tout va bien se passer, murmure-t-il, histoire de s'en persuader.

*

— Ah, Mortimer!

— Monsieur Flow.

— Le « problème » est là…

— Je vois ça.

— J'avoue que je n'ai pas regardé de trop près…

— Pas de souci, répond celui qui est à la fois légiste et représentant des pompes funèbres.

Il enfile une paire de gants en caoutchouc qui lui montent jusqu'aux coudes. Un peu de crème mentholée sous les narines pour masquer l'odeur, et Mortimer déploie un grand sac noir qu'il étale au sol, parallèlement à la voiture dont le pare-brise et les vitres avant ont volé en éclats.

— Je vais peut-être avoir besoin d'un coup de main pour mettre les restes dans le sac…

Voyant que Flow devient suffisamment blême pour éclairer la nuit, il ajoute en ricanant :

— Pas de panique, je plaisante, il n'y a plus grand-chose de toute façon…

Mortimer hésite un instant à demander qui est la victime, mais il se ravise. Ce ne serait pas très « professionnel ». En tout cas, il s'agit d'une femme, s'il en juge par les boucles d'oreilles qu'il trouve sur la banquette arrière en se penchant dans l'habitacle. Des bijoux fantaisie tachés de gouttelettes de sang, qu'il glisse dans un sachet à part pour empêcher l'identification. Elles seront fondues avec le reste dans les fourneaux du crématorium.

Le plus répugnant est encore à accomplir, mais Mortimer commence à avoir l'habitude. Il y a eu le randonneur, la gamine, et maintenant celle-ci…

Ça fait beaucoup en quelques mois, songe-t-il tandis que le professeur Flow l'observe à distance pour éviter de le gêner ou, plus assurément, pour être certain de ne pas devoir participer à la corvée.

Mortimer attrape l'un des rares os qui ne sont pas brisés, un radius gauche peut-être ? La chair a été rongée avec une gloutonnerie manifeste. Il faudra utiliser beaucoup de produit pour masquer le sang si la voiture part à la casse.

Le nettoyeur opère ainsi durant quarante-cinq minutes, en regrettant des années moins tumultueuses où ce type de sortie était beaucoup moins fréquent.

Ça doit bien remonter à quatre ou cinq ans, se dit Mortimer avant de fermer le sac noir.

— Encore un petit coup de Javel par-dessus et ce sera nickel, vous pourrez lancer la prochaine étape ! annonce-t-il à Flow.

— Bien, je m'en occupe tout de suite, répond ce dernier, nanti des responsabilités déléguées par le maire, qui ne veut sans doute pas être vu sur les lieux avant que tout soit achevé. Merci, Mortimer.

— De rien, professeur, toujours là pour aider. Bon courage…

*

Flow a du retard, il devrait déjà être là pour le café. Pas encore de quoi réactiver le stress du maire, qui décide de se rendre sur place.

— Je sors, annonce-t-il à sa femme qui vient tout juste de se lever. À plus tard.

Dehors, Rob Stanton prend une grande inspiration, comme il le fait toujours pour se rappeler qu'il fait bon vivre à Tilsville. Puis il empoigne le volant de son 4×4 dont la carrosserie noire impeccable prouve qu'il roule essentiellement en ville malgré un pare-buffle imposant.

Quelques minutes lui suffisent pour rejoindre Flow qui coordonne la fin du travail des deux agents municipaux qu'il a envoyés.

— Tout est rentré dans l'ordre, monsieur, l'accueille le professeur du lycée. Nous avons eu un peu de retard à cause de Marty…

— Un souci ? s'enquiert Stanton.

— Matériel, uniquement, assure Flow. Un câble capricieux lors de l'enlèvement de la voiture.

Voyant que le maire attend la fin de ses explications, il poursuit d'un ton plus posé :

— À l'heure qu'il est, elle a été transformée en épave et remisée à la casse.

— Bien, ça devrait suffire, acquiesce l'administrateur de la ville avant de regarder passer un adolescent qui dévale la rue ventre à terre.

— Le fils de Claire Stevenson, la nouvelle serveuse de chez Rex, croit utile de préciser Archibald Flow.

— Oui, je sais, réplique Rob Stanton comme s'il énonçait bêtement une évidence. Gardez-le à l'œil, voulez-vous ?

— Ce sera fait, garantit Flow.

Le maire entreprend de faire plusieurs allées et venues sur le trottoir pour s'assurer que rien n'ait échappé aux nettoyeurs.

Soudain, il se raidit en apercevant Miss Granger, qui vient d'apparaître entre deux véhicules pour lui demander d'une voix naïve :

— Tout va bien, monsieur le maire ? Vous avez perdu quelque chose ?

— Euh… non… ne vous inquiétez pas…, répond Rob à l'épicière, qui le dévisage avec un regard chargé de malice comme si elle le voyait toujours en culottes courtes. Tout est parfait.

— Alors, c'est une bonne nouvelle, sourit la vieille dame en rebroussant chemin d'un pas alerte, comme si de rien n'était.

— Oui, j'espère…, souffle Rob d'un air décontenancé, avant de se remettre d'aplomb et de proposer à Flow d'une voix plus affirmée : Bien, et si on allait le boire, ce café, Archi ?

*

Au même moment, à quelques pâtés de maisons, Rex lève le rideau de fer de son bar, qu'il s'étonne de ne pas trouver verrouillé.

— Quelle tête de linotte ! soupire-t-il en blâmant son employée par réflexe, avant de se raviser devant son erreur.

Il est encore tôt, mais un message découvert au réveil sur son téléphone a motivé sa venue en dehors des horaires habituels. Le bar est vide, le zinc propre, les chaises sont toutes rangées ou presque. Seules deux d'entre elles ne sont pas retournées sur une table, et Rex remarque le cendrier qui a été oublié. Coincée en dessous se trouve une enveloppe qu'il saisit pour l'entrouvrir, et il lève les sourcils en examinant la liasse de billets à l'intérieur.

Rex pousse un soupir las, conscient qu'on achète encore son silence. Le tenancier ne compte plus le nombre de fois où il s'est dit que se décider à partir d'ici lui éviterait d'y laisser sa peau. Il a bien cherché à vendre son enseigne, mais les acheteurs ne se bousculent pas au portillon. Sans compter qu'une partie de lui reste attachée à cette ville : c'est là qu'il est né et a grandi, et où est-ce qu'il irait ? À Toronto ? Québec ? Rex ne se sent pas la force de prendre un nouveau départ. Cette partie de lui aime trop la routine… et l'argent.

Le patron du bar sort son téléphone. Il cherche le numéro de la petite nouvelle. Il sourit avec bienveillance, mais aussi avec mélancolie. Elle bosse dur, il a peut-être trouvé la perle rare. Mais dans l'immédiat, il doit expliquer à Claire que sa collègue a déserté son poste sans prévenir. Sans doute une affaire urgente qui vient de déclencher le retour de la fille prodigue à l'autre bout du pays… C'est en tout cas ce qu'il s'apprête à raconter à propos de Dolorès. Une femme dont il connaissait le nom de famille, mais il n'aura plus à l'utiliser.

Dolorès, un souvenir promis à devenir lointain, jusqu'à disparaître des mémoires de Tilsville.

FLASHS

Un jour après la pleine lune

Morne journée.

Gus est étrange, distant ou distrait ? Quant à Gabriel, il est arrivé *in extremis* en cours et semble plus disposé à lui parler et à revenir vers elle.

Pourtant, Ambre n'y trouve pas son compte. Pas plus que lorsque Beth lui tend des perches sur sa présumée relation avec celui que cette nouvelle amie auto-imposée qualifie de *bad guy* ténébreux.

Pour couronner le tout, elle a droit à une série de leçons insipides.

Bref, tout ça lui passe par-dessus la tête, de même que sa première nuit en solo dans la cabane. Autant de centres d'intérêt balayés par le vertige ressenti près d'une voiture lorsqu'elle a cherché à croiser Gabriel sur le chemin du lycée. Cela continue à la troubler, jusqu'à éveiller ses soupçons.

Il s'est passé quelque chose la nuit dernière…

Reste à découvrir de quoi il s'agit exactement, et surtout de qui…

— On fait un bout de route ensemble ?

Ambre tourne la tête pour observer Gabriel, avec son air hâbleur qui l'agaçait au début de l'année. Aujourd'hui, ça fait partie des petits détails qui la font craquer.

— Comme tu veux…

— Ouch ! Ça fait mal !

— Comment ça ?

— Je m'attendais à plus d'enthousiasme…

— Désolée, je ne suis pas très *open* en ce moment.

— Je comprends, répond son ami. Avec ce qui t'est arrivé, c'est un peu normal. De mon côté, je sais que c'était pas terrible non plus…

— Pas faux.

La jeune fille récupère son vélo sans l'enfourcher et ils marchent côte à côte.

— T'attends pas Gus ? lui demande-t-il.

— Non, il m'a dit qu'il avait des trucs à faire, souffle-t-elle. Il est un peu bizarre en ce moment…

Ambre serre les poignées du guidon un peu trop fort. Elle s'agace malgré elle. Son cœur recommence à battre la chamade. Ses joues chauffent plus que d'habitude.

C'est le même cinéma à chaque fois que Gabriel est si proche, elle perd le contrôle petit à petit.

À présent, ils sont en ville, noyés dans le quotidien des autres gens, et pourtant elle garde la sensation d'être dans une bulle avec lui. Ce pouvoir qu'il a sur elle la désempare. Elle n'a qu'une envie, que Gabriel s'arrête de marcher et qu'il se tourne vers elle pour l'embrasser.

Il ne le fait pas.

L'adolescent hésite. Il rêve d'inviter Ambre chez lui. Mais comment le prendrait-elle ? Elle se dirait sans doute que c'est un piège pour l'attirer dans son lit ou ce genre de plan glauque. Sans compter que son appartement n'a rien de luxueux en comparaison de la maison cossue de ses parents à elle.

C'est sincère. Il le sait. Il le sent. C'est une première. Le double tranchant de ses interrogations reprend une fois de plus ses droits : *loser*… c'est comme ça qu'elle finira par le voir.

Ça le paralyse.

— Au fait, il t'est arrivé quoi, ce matin ? questionne Ambre, toujours frustrée d'avoir raté son coup.

— Panne de réveil, l'excuse la plus bidon qu'on connaisse, répond Gabriel, embarrassé. Je crois que j'ai abusé hier soir. J'avais besoin de prendre l'air et je n'ai pas regardé l'heure en rentrant.

— Ta mère ne s'inquiète pas dans ces cas-là ? dit-elle, curieuse, en se demandant comment réagirait la sienne.

— Si, soupire-t-il, prêt à rendosser le costume du mauvais fils.

— Je suis passée par ici ce matin, avoue Ambre en traversant une nouvelle rue.

— Ah ? Mais c'est pas ta route, d'habitude.

— Nan, je voulais…

Elle s'arrête. La tête lui tourne. Elle vient d'entendre un cri sorti de nulle part.

— T'as entendu ? questionne-t-elle tout à coup.

— Quoi ? s'étonne Gabriel. Un klaxon ?

— Laisse tomber… C'est rien, répond la jeune fille. Je me suis fait des idées. C'est dans ma tête…

— Dans ta tête ? répète le garçon. Tu veux me faire flipper ? cherche-t-il à plaisanter, en allant droit au bide total.

Elle hausse les épaules. Elle est assez secouée, mais fait son maximum pour ne rien montrer et se remet en marche.

— Normalement, tu aurais dû tourner à droite, souligne Gabriel, en remarquant qu'elle continue le trajet à ses côtés.

— Pas grave, je rattraperai mon chemin plus loin.

— Ça te rallonge…

— On s'en fiche, répond Ambre comme si tout allait bien, alors qu'elle vient de nouveau d'entendre ce cri strident sorti du néant.

C'est celui d'une femme…

Blanc dans la conversation, celui qui s'éternise et fait qu'on se sent idiot car on ne sait pas quoi dire – en ce qui concerne Gabriel.

— Bon ben…, marmonne-t-il avant de planter son regard dans le sien.

Ambre est de plus en plus déstabilisée.

Tant pis. Elle ose se lancer, quitte à perdre pied, elle en a marre d'espérer…

Elle se penche et pose ses lèvres sur les siennes.

S'apercevoir qu'on ne rêve pas, le temps d'une étreinte partagée, et penser que ce moment va durer indéfiniment…

Revenir sur terre lorsqu'il recule la tête pour la regarder. Elle n'a qu'une envie, recommencer tout de suite, mais, au lieu de ça, elle hésite comme si elle venait de faire une bêtise.

— Euh… je crois que… je vais rentrer…

— Déjà ?

— Oui… mes parents vont se demander où je suis… et puis…

— OK, pas de souci, l'aide Gabriel devant sa gêne, on se voit demain ?

Ambre acquiesce. Puis, avant qu'il veuille récidiver, elle s'éloigne précipitamment avec la crainte de ne plus pouvoir résister.

— À demain ! s'écrie-t-il dans son dos.

L'esprit de la jeune fille vient d'être assailli par de nouveaux flashs, qui la bouleversent au point d'écarter ce moment qu'elle a pourtant espéré et imaginé plusieurs fois. L'odeur du garçon s'est mélangée aux parfums de la piste…

La chasse est la plus forte. Quelqu'un a fait le maximum pour l'effacer, mais pour elle, l'odeur du sang reste présente. Elle n'a aucun doute à ce sujet.

Le drame s'est déroulé dans cette rue. Comme pour Emmy, les indices lui viennent par bribes incompréhensibles. Ce n'est qu'en s'appuyant sur ses sens qu'elle parvient à dénouer le fil qui la guidera hors de l'écheveau.

Si l'odeur de peur ou les cris qu'elle a ressentis commencent à s'effacer dans l'air ambiant, le parfum du sang demeure un indice fiable. Ambre grimpe sur sa selle pour remonter la piste. C'est presque un jeu : « Suivez la flèche rouge. » Mais à l'arrivée, il n'y aura rien de bon à gagner.

Hésitation. La piste se scinde en deux: distincte d'un côté, plus ténue de l'autre, mais présente… Ambre part à gauche. Après quelques coups de pédale, elle stoppe sa course à proximité du garage de Marty. Des épaves de voitures réduites en cubes y sont empilées dans un terrain vague clôturé juste derrière, formant un étrange damier multicolore, dans une compétition de piles, à celle qui parviendra à toucher le ciel. Le garagiste est connu dans tout Tilsville pour les publicités dont il inonde les habitants, qui se moquent en secret du déguisement de trappeur dans lequel il s'affiche sur ses tracts.

La lycéenne aperçoit son crâne dégarni derrière les vitres d'un bureau qu'on devine dans son jus rien qu'à voir le foutoir apparent qui déborde dans l'entrée. Il est en pleine discussion avec Rob Stanton, le maire qu'on ne présente plus, et qui d'ailleurs quitte l'endroit à ce moment même:

— C'est parfait, dit-il, on te revaudra ça, mon gars!

Marty hoche la tête, aimable, mais clairement aux ordres de son interlocuteur.

Ambre recule pour se cacher à l'angle de la rue qu'elle vient de laisser derrière elle. Un réflexe. Pas que le maire lui fasse peur, mais quelque chose l'inquiète, et elle juge bon de ne pas se faire remarquer.

L'idée de s'aventurer dans la casse en cherchant un passage dans la clôture lui traverse l'esprit tandis que le maire grimpe dans sa voiture.

Elle préfère y renoncer. Elle ne sait pas ce qu'elle pourrait y trouver à part des ennuis supplémentaires. Sans compter que d'autres questions importantes la taraudent : s'il s'est déroulé ce qu'elle croit cette nuit… pourquoi la police n'enquête-t-elle pas ? Est-ce que le maire a quelque chose à voir dans cette histoire ?

Le bruit de vitres qui se brisent. C'est un nouvel indice que l'autre lui offre à son insu, via leur foutue connexion. Comment et pourquoi reçoit-elle ces informations ?

Elle n'est pas coupable, elle le sait. Mais Ambre a un lien avec lui… Elle ne le supporte pas.

La lycéenne décide de revenir sur ses pas au lieu de ruminer. Elle se met à suivre la deuxième piste, qui la fait louvoyer un moment pour s'éteindre à une centaine de mètres du crématorium et de son négoce de pompes funèbres mitoyen.

Cette fois, le doute n'est plus permis. Ambre ignore l'identité de la victime, mais il est évident qu'une partie de Tilsville fait son possible pour cacher ce nouveau drame dont elle connaît l'auteur. Elle voudrait en parler à Tal, mais il est encore faible et elle ne veut pas l'affoler davantage. Il est déjà assez sur les nerfs depuis son AVC.

Les flashs la reprennent.

Encore lui. Toujours lui.

Il va falloir agir.

Le débusquer.

Le neutraliser.

L'empêcher de nuire.

Sonnerie de son portable. L'adolescente se dit que ce n'est pas très malin pour quelqu'un qui se veut discret. C'est sa mère.

— Oui ?

— Qu'est-ce que tu fais ? Tu devrais être rentrée, non ?

— J'arrive, un souci avec le vélo de Gus. Il a crevé et je l'ai aidé à réparer.

— Ah ? Gus est là, justement… Alors, s'il vient de t'aider, il doit être drôlement plus rapide que toi…

— J'ai dit Gus ? Pardon, je voulais dire Gabriel…

— Le garçon qui a été arrêté ?

— Oui…, répond Ambre, moins loquace.

— Je sais que tu l'aimes bien, mais je ne suis pas certaine que ce soit une bonne idée de le fréquenter… même si ton père le trouve plutôt correct…

— Maman… c'est ma vie…

— Et c'est moi qui te l'ai donnée.

Que répondre à ça ?

— On en reparlera une autre fois, conclut sa mère d'un ton qui résonne même sans haut-parleur. Pour l'instant, je voudrais que tu rentres…

— OK, OK, j'arrive !

Ambre s'assure d'avoir raccroché avant de lâcher un juron et de tourner son vélo en sens inverse d'un coup sec. Elle avait perdu la notion du temps, mais cet excès d'intérêt de la part de sa mère et l'autorité qui en découle, c'est la goutte d'eau.

Une voiture démarre dans son dos tandis qu'elle repart en pédalant nerveusement, quitte à se forger des mollets de cycliste sur piste.

Elle n'y prête pas attention.

Au volant, Victoria esquisse un sourire vainqueur.

EMBUSCADE

Un jour après la pleine lune

Totale confusion.

Pour changer, Gabriel a le sentiment de ne plus savoir où il en est. Ambre l'a embrassé et s'est enfuie dans l'instant, genre Cendrillon aux douze coups de minuit… Une heure à laquelle il aime être dehors, tandis que la plupart des maisons s'éteignent et que l'air rafraîchit. D'ailleurs, il lui est arrivé plusieurs fois d'aller jusque chez elle et de rester à regarder sa fenêtre.

Mais ce soir, pas question de sortir. Il ne veut pas que l'inquiétude de sa mère se change en ulcère.

Il ne manquerait plus que ça.

Au départ, Gabriel avait même prévu de lui cuisiner des pâtes-bolo – l'un des trois plats qu'il maîtrise – mais il a déchanté lorsqu'elle l'a appelé pour lui dire qu'elle rentrerait tard, bien qu'ayant remplacé sa collègue, Dolorès, en journée.

Depuis, le cœur du garçon est sur les montagnes russes. Tantôt au sommet, tantôt au plus profond, dans la noirceur d'un état d'esprit devenu maussade au fil des mois et que le dernier psy qu'il a vu taxe de « dépression passagère ».

Hé, gars! se secoue-t-il pour insuffler l'effet inverse. *TU… L'AS… EMBRASSÉE!*

Durant une minute, Gabriel se met à jouer la rock star devant un miroir en faisant du « air guitar ». Ambre et lui sont… Il faut qu'il en parle à quelqu'un!

Gus? Ouais, il faut qu'il le dise à Gus!

Minute! C'est qu'un baiser. OK, c'est cool, mais tout n'est pas encore fait, même si tu sens que c'est elle… C'est évident! Cette fille est trop canon.

Enfin, reste à espérer que ses sentiments soient réciproques, parce que si une fille te dit non, bah c'est non. Il ne faut pas chercher plus loin, il n'y a rien à décoder, Gabriel en a conscience. Mais c'est sur une note positive qu'il finit la soirée dans son lit, à rêver d'Ambre en priant pour la retrouver quelque part au cœur de la nuit, dans leurs rêves ou ailleurs.

*

Le lendemain, le réveil se fait en douceur. *Ça change!* songe-t-il en s'étirant après une nuit de sommeil dont il n'avait pas goûté les bienfaits depuis un bail.

Tout juste a-t-il entendu sa mère rentrer à une heure impossible. Il se souvient à peine qu'elle est venue l'embrasser, il se rendormait déjà.

Aussi, il est d'excellente humeur! Tout lui sourit et rien ne l'agace, même pas faire tomber le bouchon du tube de dentifrice dans le siphon du lavabo et devoir l'en déloger avec une pince à épiler. C'est en l'entendant fredonner que sa mère se lève à son tour pour lui demander, la mine ensommeillée et les traces d'oreiller en prime:

— Qu'est-ce qui t'arrive?

— Moi? Rien!

— Mmm... Je suis peut-être fatiguée, mais pas au bord de l'épuisement au point de prendre des vessies pour des lanternes! Qui est-ce? réplique-t-elle, l'œil plus vif.

— Comment ça, «qui est-ce»? nie Gabriel.

— Mon fils, tu sauras que dans la vie il n'y a pas dix mille choses capables de faire fredonner quelqu'un... J'imagine que ça arrive si on gagne à la loterie ou si on remporte un voyage à l'autre bout du globe, mais en dehors de ce genre d'éventualités, il n'y a que l'amour qui fasse cet effet! Et comme je sais que tu ne joues pas à la loterie...

— N'importe quoi ! Comme si je n'avais pas le droit d'être de bonne humeur !

— Reconnais que c'est étonnant, la dernière fois tu devais avoir… dix ans ?

— 'Man, t'exagères !

— Ah ! Nous y sommes ! C'est toujours ce que tu réponds quand j'ai raison… Donc, il y a bien quelqu'un derrière cet excès de joie matinale !

— Bon, j'abandonne ! Je vais finir par être en retard avec tes bêtises !

— J'ai raison ! insiste une dernière fois la mère de Gabriel alors qu'il rigole et lui claque une bise sur le front pour l'obliger à se taire.

*

Comment lui dire bonjour ?

Faire comme si de rien n'était ? Jouer la discrète ou, au contraire, la fille démonstrative ?

La dernière option n'est pas envisageable pour Ambre. Pas tout de suite, en tout cas.

Certes, ce n'est pas son premier flirt, mais Gabriel compte plus, beaucoup plus. Un nouvel amour a tendance à balayer d'un revers tous les précédents. Magie d'un seul baiser. Il ne vaut pas signe d'engagement, cependant il tombe au plus mauvais moment… Tant de choses à gérer!

Gus est déjà là, de retour à son poste. Son amie se demande ce qu'il a, ces derniers temps. Elle ressent parfois ses sautes d'humeur, reliées à un caractère lunatique qu'elle ne lui connaissait pas. Elle a d'abord pensé que c'était lié à l'échauffourée du réfectoire; puis elle s'est dit que c'était sans doute à cause du stress qui les a tous frappés au moment du meurtre sauvage d'Emmy Fields. Mais Ambre continue d'avoir un doute. Elle n'ose rien lui demander car, le peu de fois qu'elle s'y est essayée, elle s'est fait rembarrer aussitôt.

— Salut! lance-t-elle.

— 'Lut, répond Gus comme si de rien n'était.

Après quelques banalités, Ambre juge qu'il est dans un bon jour ou qu'elle se sera encore fait des idées.

Y'a de quoi devenir parano!

Comme toujours, Gabriel est le dernier du trio à débarquer. Il semble hésiter lui aussi. Un smack rapide, très. Presque furtif. Deux bouches qui s'effleurent à peine. Mais pas suffisamment pour être invisible et ne pas faire se serrer le poing de Gus jusqu'à lui blanchir les phalanges.

Les joues des jeunes amoureux sont rouges, cramoisies comme s'ils étaient toujours au collège. Là aussi, les échanges sont d'une banalité affligeante, mais ils n'ont pour but que de briser un silence qui révélerait des battements de cœur trop forts.

— Bien rentrée, hier soir ? demande Gabriel. Tu as retrouvé ton chemin ?

Sourire.

— Je te rappelle que j'habite Tilsville depuis la nuit des temps !

— Oui, bien sûr.

Gus n'a pas l'intention de rester à jouer le spectateur et s'invite dans leur conversation :

— Au fait, dit-il à Gabriel d'une voix sympathique, tu voudras jeter un œil sur mes exos de maths ? Comme je sais que tu galères…

— Euh… ouais, pourquoi pas ! répond son camarade, surpris.

Espèce d'enfoiré ! songe Gus en réalité. Il a eu envie d'égorger ce connard lorsqu'il lui a confié quelques heures plus tôt avoir embrassé Ambre…

Celle-ci sourit de plus belle. Gabriel et Gus font figure de rayons de soleil dans cette noirceur de mauvaises nouvelles qu'elle doit affronter depuis plusieurs mois maintenant. C'est plaisant de les voir devenir amis.

*

La fin de journée résonne comme un écho libérateur. Entre deux cours, Gabriel et Ambre sont convenus de se retrouver un peu plus tard, au calme.

Le garçon pousse le vice jusqu'à la laisser partir devant en rêvassant à ce qui va se passer. *Oui, cette fille est trop cool...*

— On rentre ensemble? l'interpelle Gus.

— Euh... ouais, si tu veux... mais tu habites de l'autre côté non?

— T'inquiète, répond l'autre qui pousse son vélo, je connais un raccourci. Je vais te montrer...

— OK, accepte-t-il en essayant de ne pas être trop démonstratif, car toujours sur son petit nuage.

Au bout d'une centaine de mètres, Gus pique à gauche en plein bois, sur un chemin à peine tracé.

— T'es sûr? questionne Gabriel en sentant ses pieds s'enfoncer de quelques millimètres dans le sol boueux. On risque d'avoir les pompes sacrément dégueu à la sortie, et j'suis pas certain que ton vélo puisse passer!

— Fais-moi confiance, insiste Gus, ça s'arrange un peu plus loin...

Ce « fais-moi confiance » est sans doute de trop. Car Gabriel finit par s'arrêter. *Quelque chose ne va pas.* Un bruit de branche cassée le fait se retourner, mais il est déjà trop tard.

Crochet du droit sur la pommette, enchaîné avec un uppercut sous le menton. Deux coups donnés en traître par un Helm qui loue sa victoire prématurément :

— Où tu comptes aller comme ça, Stevenson ?

Gabriel a mal. Il n'a pas le temps de se mettre en garde qu'un coup de pied brutal le frappe dans le dos. Helm en profite pour l'attraper par le col et lui asséner un violent coup de tête. La douleur explose, et la victime de cette embuscade en règle tombe au sol. Aucune riposte possible. Il n'a plus d'autre choix que de se recroqueviller sous une avalanche de coups de pied distribués par quatre gars. Helm continue sa diatribe :

— Tu croyais vraiment avoir une chance contre moi ? J'te promets que ta mère va pas te reconnaître !

Gabriel est sur le point de perdre connaissance. Le temps, l'endroit, tout lui échappe. Sa vue se trouble. Incertitude. Il pense entendre la voix de Gus :

— Arrêtez, vous allez le tuer !

— 'Faudrait savoir c'que tu veux, Garibaldi…

OFF. Gabriel n'est plus là.

Il gît inconscient sur le sol taché de son propre sang. Le nez brisé. Les arcades sourcilières défoncées, et sûrement plusieurs côtes cassées pour parachever le tableau. S'il reste en vie, c'est uniquement parce que Helm vient de changer de punching-ball.

— Arrête de te plaindre, 'faut que ça fasse vrai, Garibaldi !

Gus a droit à un traitement de faveur. Les trois autres ne le touchent pas. Seul Victor s'occupe de lui. Et il se fait plaisir :

— Pauvre merde ! l'injurie-t-il en lui frappant le visage d'un troisième coup du gauche. Que je t'entende pas gémir, c'est toi qui l'as cherché !

Il relâche enfin la poigne autour de son cou et Gus en profite pour filer ventre à terre. Il attrape son vélo et l'enfourche sans regarder derrière lui.

— C'est ça, casse-toi, pauvre merdeux !

Le lycéen ne sait plus s'il doit rire ou pleurer. Il pédale, complètement paumé. Sa lèvre fendue goûte au sang qui coule de son nez.

Il ne s'en sort pas si mal.

*

À l'autre bout de la ville, Ambre ferme la porte de sa chambre à clé. Elle se laisse tomber sur son lit et retient un soupir dépité.

J'en étais sûre.

Gabriel n'est pas venu. On ne peut pas compter sur un garçon aussi lunatique…

Il me prend pour qui ? Son bouche-trou ?

Il change d'avis toutes les trente secondes, au gré de ses envies.

Et qu'est-ce qu'il veut, d'ailleurs ?

Oui, Gabriel est une grosse déception.

DOULEURS

Deux jours après la pleine lune

Gabriel ouvre les yeux.

Il a froid. Ses lèvres tremblent. Ses dents s'entrechoquent.

Où est-il ? Son corps n'est que douleur et se charge de le lui rappeler tandis qu'il roule lentement sur le côté. L'effort le contraint à grogner comme une bête sauvage.

Il cherche à tenir la position, mais chaque seconde supplémentaire équivaut à mille aiguilles plantées dans les muscles… Il parvient à passer ce cap, il trouve un second souffle et se traîne pour poser un genou au sol avant de parvenir à redresser le torse. Il faut qu'il se tire d'ici. Et vite !

Nouveau râle, prémices à l'effort qu'il s'apprête à accomplir. Il tente de se relever d'un coup et y réussit, avant de se rattraper aussitôt au tronc du premier arbre à portée de main pour cracher sang et bile entre les racines.

— Ça va aller, tu vas y arriver ! se répète-t-il comme en un gimmick.

À présent, il doit rentrer. Il le faut.

Surtout, ne rien montrer d'alarmant à sa mère.

Pour le reste, le visible, il trouvera une excuse.

Il finit par se mettre en marche en titubant, prêt à être catalogué comme ivre.

*

Trois jours que Gabriel ne vient plus au lycée. Trois jours qu'il ne répond à aucun de ses messages ou appels. Trois jours pendant lesquels Ambre passe de la colère à l'inquiétude et vice versa.

Gus sait quelque chose. Elle en est convaincue. D'abord parce qu'il l'a prise pour une cruche en lui racontant s'être fracassé tout seul à vélo. Comme s'il pensait deux secondes être plausible avec un coquard pareil ! Elle n'a pas relevé, elle voulait poser sa question suivante de façon anodine :

— T'as des nouvelles de Gabriel ?

— Euh… non… pourquoi ?

Quelqu'un d'autre n'aurait rien remarqué, mais ses sens affûtés lui ont immédiatement permis de déceler un infime retroussement de narines lié à un léger froncement de sourcils. Sans oublier l'accélération cardiaque disproportionnée. Pourquoi mentir ? Qu'est-ce qu'il veut lui cacher ?

— Pour rien… Laisse tomber…

Ambre lui a tourné le dos et fait mine d'aller chercher quelque chose dans son casier.

Aujourd'hui, au bout de trois jours, elle ne peut plus se contenter de faire l'autruche. Sitôt la sortie des cours, elle ira chez lui. Tant pis… Gabriel lui doit un minimum d'explications.

Gus tente quelques rapprochements dans la journée, mais elle fait son possible pour le maintenir à distance. Quelque chose ne tourne pas rond, elle le sait. Pas que ce soit nouveau à Tilsville, mais ça la concerne directement. C'est comme si elle sentait qu'il en fallait peu pour qu'elle se retrouve sous le feu des projecteurs, ce qui, avec son secret, ne serait pas une position enviable.

L'autre la cherche. Elle en est convaincue. Il va finir par la trouver, tout porte à le croire…

Putain, c'est qui, ce malade !? ressasse-t-elle en cours.

Ce tueur est à la fois si loin de sa propre identité et si proche d'une certaine manière qu'elle se demande encore comment elle fait pour ne pas devenir folle. Ambre envisage toutes les hypothèses, et la moindre personne qui lui lance un regard, appuyé ou non, est suspectée.

En toute logique, ses recherches ont commencé par le lycée…

Beth, malgré leur amitié opportune, est hors jeu d'entrée, car Ambre sait pertinemment qu'il s'agit d'un garou mâle.

Il y a bien Pacey Braxton, un copain de Helm. Mais Ambre pense que son insistance à la dévisager est plutôt le fait d'un pauvre gars incapable de maîtriser ses poussées d'hormones.

Helm, lui, est tout de suite arrivé en tête de sa liste. Ce type pue le fauve incontrôlable à des kilomètres. Pourtant, Ambre continue d'avoir des doutes à son sujet. Les flashs qu'elle a ressentis lui ont laissé entendre qu'elle est plus jeune que celui qu'elle cherche. Mais peut-être que cette antériorité est davantage liée à la période de mutation ? Rien n'indique qu'il se soit transformé à treize ans comme ce fut le cas pour elle…

Si ça se trouve, ce taré est comme ça depuis la naissance !

Helm n'est pas le seul dans sa ligne de mire. Le proviseur Pliks ? Possible, aussi. Mais son dernier suspect en date, c'est lui : le prof de sciences, Flow.

Comment j'ai pu louper ça ? continue-t-elle à rager en l'observant débiter son discours sur les sciences.

En effet, en plus d'une vague odeur de naphtaline qu'elle a perçue autour de lui, ce type a carrément une étiquette collée au milieu du front !

F... L... O... W... À l'envers, ça fait *WOLF*, « loup » en anglais !

Loup ! Tu parles d'un hasard !

Ne dit-on pas que ce sont les choses les plus flagrantes, celles qu'on a sous le nez, qui passent le plus souvent inaperçues ? Mais il y a là encore quelque chose qui cloche et qu'Ambre sait déceler mieux que quiconque...

Ce type sent la peur.

Ce n'est pas vraiment compatible avec le statut de bête sauvage.

Sans compter qu'il reste quatre-vingt-quinze pour cent de possibilités terrées on ne sait où dans la ville. À y réfléchir, le lycée n'est pas forcément le point de départ. Il peut aussi bien être un point d'arrivée, un objectif, uniquement parce qu'elle s'y trouve et qu'elle y passe le plus clair de ses journées. C'est évident, l'autre est à sa recherche également.

Ambre s'éclipse dès la fin des cours. Elle ne quitte pas tout de suite le lycée et s'échappe du flot des premiers élèves en piquant vers les bâtiments administratifs. Là, elle se planque à l'écart, derrière d'énormes ventilateurs qui brassent lentement l'air des conduits répartis dans toutes les classes.

Son attente est rapidement récompensée, car Flow fait partie des premiers profs à partir. La lycéenne commence sa filature sur-le-champ. Elle ne sait pas exactement ce qu'elle cherche mais, s'il n'a rien à se reprocher, elle en profitera pour mener à bien son autre projet du jour, puisque Gabriel habite le même quartier.

Flow et sa démarche d'échalas.

Flow, le professeur atypique.

Flow, le célibataire endurci – point sur lequel il est revenu plusieurs fois en début d'année, lorsqu'il s'est autorisé quelques sorties de route pour leur raconter des pans d'une vie qu'elle jugeait d'avance monotone.

Dans ce registre, il ne la déçoit pas. Celui qu'elle suit ne fait rien qui alimente ses soupçons. Il rentre chez lui, tout simplement. Tout juste marque-t-il un arrêt à l'épicerie de Miss Granger, d'où il ressort avec deux boîtes de conserve et un paquet de croquettes pour chats. En somme, rien de transcendant…

En même temps, il n'allait pas se mettre à quatre pattes dès le premier coin de rue pour sprinter à travers la ville! peste Ambre.

Flow – Wolf, si c'est lui, c'est presque pathétique.

Elle ne va quand même pas le plaquer au mur pour tout lui faire avouer. Non, il s'agit de manœuvrer avec prudence. Elle est toujours plongée dans le noir de ses suspicions.

Cette fois, il faudrait que j'en parle à Tal..., hésite-t-elle en songeant à la convalescence de son grand-père, dont les médecins ont assuré qu'il pourrait quitter l'hôpital le mois prochain.

Le problème, c'est qu'il a toujours besoin de repos. Et Ambre le connaît : ce repos, Tal n'acceptera de le prendre que lorsque son adversaire sera à terre.

L'adolescente poursuit son chemin en veillant à passer rapidement sur le trottoir d'en face. Elle n'a qu'une vague intuition d'où habitent les Stevenson et finit par trouver son bonheur en découvrant leur nom griffonné sur une sonnette fixée de travers. Ambre écrase l'interrupteur, sans succès. C'est déjà une chance de ne pas avoir été électrocutée. La porte terne de l'immeuble reste muette et close.

Elle envisage de tambouriner, mais rejette l'idée. Ce n'est pas le meilleur moyen de se présenter si la mère de Gabriel vient lui ouvrir... Non, une solution à la *Roméo et Juliette* lui paraît davantage faisable. Tenter d'appeler son amoureux du pied de la tour en jetant des petits cailloux à sa fenêtre pour attirer son attention ? Pas mal, et plutôt romantique ! Reste à savoir si c'est du romantisme qu'elle veut...

Pff! Gabriel…

Soudain, la question ne se pose plus : la porte s'ouvre au moment où elle se penche pour ramasser deux ou trois gravillons.

— Ambre ? s'étonne son ami en restant bouche bée sur le perron. Mais…

— Euh… salut ! dit-elle en rougissant façon pivoine avec une touche d'air godiche.

— Qu'est-ce que tu fais là ?

Elle réprime avec difficulté sa surprise.

Non mais, il est sérieux, là ? se dit-elle en examinant son interlocuteur de la tête aux pieds. Elle a remarqué les hématomes jaunâtres qui colorent son visage, sans oublier la grimace faite lorsqu'il a sursauté et qu'elle juge plus probablement liée à une vive douleur qu'à l'étonnement de la trouver devant chez lui.

— Je suis venue voir comment tu allais… tu ne réponds ni à mes appels ni à mes messages, finit-elle par se justifier en s'en voulant d'inverser les rôles.

— Ouais… désolé… J'ai eu des petits soucis…

— Je vois ça, indique-t-elle en désignant ses bleus et lui signifiant par la même occasion qu'elle n'est pas aveugle, pas plus qu'elle n'est idiote.

— J'veux pas faire de vagues…, explique Gabriel. J'ai eu suffisamment de problèmes ces derniers temps et je veux éviter que ma mère…

— On peut savoir qui t'a fait ça ? questionne Ambre.

— J'ai pas franchement envie d'en parler, répond le garçon en se rembrunissant. Et puis… 'faut que j'y aille… On m'attend chez les flics, si tu veux tout savoir…

Brusquement, alors qu'il se montrait fuyant jusqu'à présent, Gabriel plante ses yeux dans les siens :

— Tu ferais mieux de repartir, dit-il en essayant de cacher une main qui tremble.

— Qu'est-ce que tu racontes ?

— Laisse tomber, tu peux pas comprendre, la repousse-t-il. Je ne suis pas celui que tu crois… J'suis pas fait pour toi, désolé… conclut-il en la laissant sur place sans autre explication.

Ambre en reste sans voix. Les douleurs ne sont pas toujours physiques. Sa bouche voudrait crier ou hurler, mais les mots s'entrechoquent sans sortir. Elle a pourtant envie de demander ou d'exiger plus d'explications… En quoi ce garçon se permet-il de décider ce qui est fait pour elle ou pas ? Et pourquoi se met-il lui aussi à lui mentir ?

Si ses pieds restent ancrés dans le trottoir, la jeune fille a la sensation de s'y enliser jusqu'au cou. Elle vient de se faire plaquer sans réagir, avant même que leur histoire n'ait vraiment commencé…

*

Les jours filent, mais la situation n'évolue guère.

Tout est lié, comme ça finit toujours par l'être dans cette ville et son théâtre de marionnettes.

Ambre ne sait pas. Ambre l'ignore. Ambre l'évite.

Ambre, Ambre, Ambre… Elle ne sort pas de sa tête.

Elle le nargue, intouchable. Il ne l'aura jamais. Il s'en rend compte. Il en est convaincu.

Mais si ce n'est pas lui, personne ne l'aura…

C'est un dimanche morne, une fin de journée sans saveur. La ville s'apprête à basculer du côté obscur et à libérer ses chimères nocturnes. Gus sait qu'il vaut mieux éviter de sortir à la nuit tombée. Quand il était tout petit, sa mère lui racontait des histoires. Il n'a pas peur. Ce sentiment l'a quitté depuis quelques semaines pour laisser une place entière à la haine.

Trois fois déjà qu'il arpente le trottoir en passant devant la porte.

Cette fois, il se décide à la pousser.

Le son d'un mobile accroché au plafond signale son entrée dans un tintement. Son arrivée semble être attendue, et même préparée. On l'accueille avec un sourire :

— Besoin d'aide ? lui dit-elle. Tu as bien fait de venir me voir, mon garçon…

ERRANCE

Pleine lune

La bête sait où elle va. Ses sens ordonnent sa marche.

Elle approche.

L'autre vient souvent ici.

Dans son dos, les lumières de la ville lui promettent une chasse plus aisée et du gibier à foison.

L'instinct reste le plus fort. Cette nuit, ce sera dans les bois que le sang sera versé. L'animal veut en finir. Asseoir à nouveau l'autorité sur son territoire. Il est celui qui chasse, le seul. Elle ne doit plus souiller cet endroit de sa présence.

Il faut qu'elle meure.

Ce soir.

Tuer.

La tuer.

L'ombre encapuchonnée se détache sur le chemin forestier. La voiture est restée à deux kilomètres en amont. La piquer en douce à son père en valait la peine.

S'orienter sans autre lumière que la pleine lune avant d'apercevoir le chalet du vieux Montaigne.

Qu'est-ce qu'elle croyait, cette garce? songe Helm avec un sourire. *Que j'avais oublié l'épisode de la cantine?*

Il prévoit de régler ses comptes, ce qui ne l'empêche pas de s'interroger : que fait la rouquine dans ce chalet alors que tout le monde raconte en ville que son grand-père a failli mourir d'une crise cardiaque ?

Personne avec un tant soit peu les pieds sur terre n'irait passer une nuit seul dans une baraque en bois au milieu de la forêt… Si ?

À moins qu'elle ne vienne y retrouver Stevenson, bien entendu ! Une photo de leurs ébats vaudrait de l'or et ferait un ravage sur les réseaux.

Après ça, je suis sûr que sa coincée de mère voudra revendre sa pharmacie! ricane-t-il en sourdine.

Souffle rauque.

Helm tourne la tête.

Le vent anticipe sa question.

Le garçon se rabroue d'avoir tressauté.

Il s'apprête à accélérer jusqu'à la cabane lorsqu'il aperçoit une lueur par l'une des fenêtres.

Alors, les tourtereaux, on n'est pas encore couchés? se dit-il.

Il tend l'oreille. Il vient d'entendre un nouveau bruit dans les buissons à cinquante mètres derrière lui.

L'odeur.
Un parfum familier. C'est elle.
Il connaît sa voix.
Elle est douce.
Gentille.
Il a déjà essayé d'y goûter et s'est fait punir pour ça.
Il s'en souvient et lui en veut.
Ce n'est pas sa faute.
Attendre un peu et écouter.
Ils sont plusieurs derrière lui.
Au moins deux. Ils le chassent.
L'appel du sang le ronge.
Il enrage et retient son hurlement.
Il devrait faire demi-tour pour chasser les chasseurs.
Un grondement. Il est proche. Il le sent.
Elle n'est pas loin non plus, mais il y a aussi celui-là…
Une proie facile et du sang frais. Immédiat. Ce sera vite fait.

Helm blêmit. Les taillis viennent de s'écarter dans la pénombre et, alors qu'il s'apprêtait à menacer celui ou celle qui s'amusait à lui flanquer la trouille, il perd l'usage de la parole en découvrant l'animal monstrueux qui l'observe, sans qu'il y ait la moindre ambiguïté sur ses intentions. Imposant, peut-être de sa taille s'il se redressait sur ses pattes arrière. Sa trogne au museau retroussé renâcle dans sa direction avant de laisser apparaître ses crocs redoutables. Le garçon n'est rien d'autre que de la viande, un pique-nique au clair de lune.

Mais un repas qui détale ventre à terre à la vitesse d'un sportif champion de La Crosse, qui slalome entre les arbres pour gêner son poursuivant. Helm ne crie toujours pas. Son souffle, il en a besoin.

C'est la course de sa vie, pour sa vie !

Le plaisir du jeu.

Décuplé en ces lieux.

La forêt.

Pétrifiée par la saison froide.

La chasse est savoureuse.

La proie s'est arrêtée.

Elle est ridicule avec ce morceau de bois dans les mains.

Grogner.

Faire monter sa tension artérielle. Mordre.

À bout de souffle, Helm s'est emparé d'une branche morte et fait face à son agresseur.

— Dégage, sale monstre !

Ce sont les seules menaces qu'il parvient à formuler, avec l'espoir que l'animal comprenne qu'il lui est supérieur.

— Putain ! Tire-toi ! pleurniche-t-il avant de lancer le bâton dans sa direction en cherchant à repartir.

Esquive.

Facile.

Mordre la main tendue et lui arracher deux doigts.

Entendre la proie hurler.

Voir le sang. Le renifler. Le goûter.

Pousser un cri…

De douleur.

Recracher.

Grogner.

S'en vouloir d'avoir oublié les autres et sentir le métal à son cou avant d'étouffer.

La bête lutte et tente une volte-face pour mordre l'un de ses agresseurs. Il les déteste, mais il hait encore plus ce collier.

Lutter encore.

Essayer d'achever sa proie.

S'en voir privé.

— Tout doux, mon beau ! Là, doucement !

Un profond grognement. Le tuer lui aussi.

Penser à la suite.

Les entraves.

Les barreaux.

La liberté.

Piqûre.

Gémir.

Il faut agir sans perdre une minute.

— Pour des bois censés être déserts, ça commence à faire du monde ! peste Mortimer en verrouillant l'arrière de son utilitaire.

Au moins, cette nuit, il n'a pas de victime à faire disparaître.

Le gamin a eu chaud, songe l'employé des pompes funèbres.

Le fils Helm est tombé dans les vapes lorsqu'il lui a administré le fond du flacon de M99. Un tranquillisant pour animaux qu'il a déjà eu l'occasion d'utiliser. Triple dose minimum : *Ce salopard pèse son poids !*

Quant au gamin, il ne se réveillera pas avant un moment. Deux doigts en moins, il s'en sort bien. Reste à faire avaler la pilule au père… Elle s'en occupe personnellement, en commençant par l'emmener chez Moe. La vieille véto le recoudra sans poser de questions. Ensuite, elle veillera à ce que tout le monde garde le silence. C'est toujours comme ça qu'elle procède… Mortimer pensait sincèrement qu'il n'y aurait plus d'escapade de ce genre avant longtemps, elle le lui avait dit. Il aurait dû le lui faire promettre.

C'est la dernière lune… tu parles !

Comme si ça ne suffisait pas, il s'était encore approché d'une habitation. De ce qu'on raconte, le vieux Talbert est toujours à l'hôpital, mais Mortimer a aperçu une silhouette féminine à la fenêtre de son chalet.

— Une chance qu'elle ne soit pas sortie, marmonne-t-il en prenant le volant.

Secousse inattendue lorsqu'il grimpe à bord.

— Oh ! Pas de ça avec moi ! Tu restes couché ! ordonne Mortimer en jetant un coup d'œil par la trappe grillagée qui donne sur son coffre.

Quel vicelard ! J'en étais sûr… La prochaine fois, il faudra augmenter les doses !

Le trajet prend quelques minutes à peine. Mortimer conduit jusqu'à un endroit reculé, un terrain abandonné appartenant à la patronne – une ruine reçue en héritage.

Il gare son engin à côté de deux autres voitures déjà stationnées là et coupe le moteur en s'assurant de laisser la clé sur le contact.

— Allez, bonne nuit ! gronde-t-il en descendant du fourgon. Ça suffit, vos conneries !

Mortimer change de véhicule. Il est l'heure de rentrer.

L'autre saura bien se débrouiller demain matin. Il aura tout ce qu'il faut à son réveil. De toute manière, elle veille sur lui. Elle l'a toujours fait. Enfin, ces derniers temps, elle essaie de le faire.

*

Si proche.

Rester sur ses gardes.

S'apprêter à combattre.

Il est là.

Tout près.

L'attente.

Les bruits.

Encore ce parfum.

Que fait-elle ici ?
D'habitude, c'est l'autre.
Son gardien n'est plus là.
Alors, que fait-elle ici ?
Est-elle là pour l'autre, elle aussi ?
Chercher à sortir.
Besoin d'espace…
Pour se battre.
Bouger.
Se défendre.
L'attaquer.
Le tuer.

Arrêter de tourner en rond.
Sentir qu'il s'éloigne.
Ne pas comprendre.
Se résigner.
Ou faire semblant.
Guetter la porte.
Espérer une erreur.
Pour fuir.
Le rattraper.
En finir avec lui.
Il n'a pas le droit.

Il ne doit pas être ici.
— Calme-toi…
Repousser la voix.
L'étrangère.
L'empêcher de parler.
Faire monter la rage.
Hurler.
La faire taire.

L'œil-de-bœuf de la porte blindée transperce l'obscurité. Elle est là, à se démener pour sortir. Elle n'en aura pas l'occasion.

Songer que Tal aurait pu lui aménager cet espace.

Se dire qu'on n'aurait pas fait mieux.

Refermer.

Ne pas supporter de la voir dans cet état.

Refouler les souvenirs.

C'est si dur.

DUALITÉ

Un jour après la pleine lune

Se concentrer.

Fermer les yeux et mobiliser son esprit pour chercher la moindre bribe de souvenir en rapport avec cette nuit…

Ambre souffle, ses pensées sont cotonneuses à souhait, c'est comme vouloir attraper de la brume avec un filet à papillons. Rien, le néant.

Un dernier coup d'œil à la pièce, dont le rangement lui paraît acceptable, du moins dans les normes habituelles de Tal.

Son grand-père rentre chez lui la semaine prochaine, mais elle devine que lorsqu'elle rallumera son portable elle aura droit à une avalanche de messages lui demandant si tout s'est bien passé. Elle le pense… Toutefois, il y a encore ce je-ne-sais-quoi qui la dérange. Ce même grain de sable qui continue de la contrarier depuis qu'elle doit gérer seule ses pleines lunes. Elle a voulu vérifier qu'elle ne devenait pas folle et a placé son téléphone en mode caméra, hier soir. Elle l'a calé entre deux pots de fleurs qui ont rendu l'âme depuis un moment, pensant surprendre quiconque passerait devant l'objectif de l'appareil. Une précaution supplémentaire. Finalement inutile puisque sa batterie semble s'être déchargée à vitesse grand V.

De toute manière, le mois prochain Tal sera de retour…, songe-t-elle en s'apprêtant à refermer la porte du chalet.

Ambre serre la poignée plus que de raison.

Premier vertige depuis qu'elle est revenue à elle, suivi de tremblements nerveux. Elle tourne la tête et scrute au loin, là où elle a lâché son vélo dans les buissons hier soir.

— Il… il est venu jusqu'ici ! marmonne-t-elle, prise d'une angoisse soudaine.

Elle a soudain envie de fuir. D'enfourcher son vélo, de pédaler, et de ne jamais se retourner. Plus jamais.

Nouveau vertige en guise de réponse. Plus fort que d'habitude.

Nausée. Goût de bile habituel, la routine… ou pas.

Non.

Ambre grimace. Ses tympans palpitent trop vite. Ses oreilles bourdonnent.

Non.

Elle regarde autour d'elle à la recherche de la personne qui lui parle. Mais le « non » disparaît comme il est apparu, dans le néant.

— Ras le bol ! Je vais finir par me casser en Europe si ça continue ! enrage-t-elle comme si déplacer le problème permettait de le supprimer.

Migraine.

L'adolescente pédale de façon saccadée. Chaque secousse du chemin est un calvaire pour son crâne. Aujourd'hui, c'est le début du week-end. Pas de lycée. Plutôt que de rentrer directement, elle décide de passer par la pharmacie. Sa mère aura sûrement un médicament pour rendre ses maux de tête supportables.

Arrivée sur place, elle s'étonne d'y trouver son paternel.

— Ce n'est pas maman qui ouvre d'habitude, le samedi matin ? dit-elle après l'avoir embrassé et éludé la question sur sa nouvelle soirée entre copines.

— En principe, si…, soupire son père d'un air dépité.

— Qu'est-ce qui se passe, un souci ? s'inquiète Ambre.

Charles hausse les épaules. Il est conscient du fait que se confier à sa fille à propos de ses problèmes de couple n'est certainement pas la meilleure des options, mais il en a gros sur le cœur et finit par lâcher :

— Je crois que ta mère voit quelqu'un…

— Quelqu'un ?

— Quelqu'un d'autre…, précise-t-il en fronçant les sourcils pour enfoncer le clou de cette nouvelle, jugée dramatique.

Mais pour toute réponse, Ambre réfute par un :

— N'importe quoi ! Pourquoi tu dis ça ?

Elle grogne, choquée d'imaginer sa mère avec un autre homme. Tout simplement impossible à ses yeux.

— Laisse tomber, pour rien, se reprend le pharmacien avec la volonté d'effacer cet excès de confidences. Mais toi, qu'est-ce qui t'amène voir ton vieux père ?

— Mal à la tête. Genre costaud.

— « Costaud » comment ?

— 8 ou 9 sur 10…

— Ouille ! Quand même ! s'exclame-t-il. J'espère que ce n'est pas dû à des cochonneries… Rassure-moi ?

— Non, t'inquiète. Tu sais bien… rien que l'odeur de la cigarette me donne envie de vomir.

— Alcool ?

— Non plus. Arrête, papa… j'ai vraiment mal à la tête.

— OK, OK, pardon, ma puce. Pas plus d'un cachet toutes les cinq heures et pas plus de trois dans la journée, compris ?

— Oui, merci, dit Ambre.

Elle récupère la boîte sortie par son père d'une étagère derrière lui, avant de s'engouffrer dans l'arrière-boutique pour se mettre en quête d'un verre d'eau.

La jeune fille quitte les lieux trente minutes plus tard. Elle reprend son vélo et emprunte un chemin plus long pour rentrer, mais moins fréquenté. Ce détour volontaire l'oblige à passer devant la grande bâtisse de la famille Helm, où elle subit un nouveau flash qui la fait zigzaguer dangereusement.

Lui.

Ambre manque de finir dans la haie d'un jardin mitoyen. Elle freine des quatre fers tout en se demandant pourquoi elle vient de voir Helm arpenter son esprit. Pour un peu, elle prendrait cet idiot en pitié tant il lui est apparu au bout de sa vie.

Le goût du sang dans la bouche la saisit et lui fait imaginer le pire.

Est-ce que Helm est mort cette nuit ? songe-t-elle.

Non.

Cette fois, Ambre est persuadée d'être en train de sombrer dans la folie. Quelqu'un vient clairement de répondre à ses pensées. C'est un gag ? Une caméra cachée ?

Comment… Comment c'est possible ?

Silence.

Elle reste figée, blême. C'est pire que ce qu'elle s'imaginait. Peut-être que ce qu'elle appelait jusqu'à présent sa « maladie génétique » est en train de s'aggraver ? Que se passera-t-il si elle devient folle ?

Il faut qu'elle rentre. Tout de suite.

Ambre présume la maison vide. Erreur, sa mère est couchée. Elle n'a pas le temps de s'attarder sur ce détail, même si elle a une pensée pour son père inquiet quant à leur vie conjugale. C'est leur histoire.

Dans l'immédiat, elle a besoin de parler à quelqu'un des doutes qui affluent.

Tal va se faire du souci, et ce sera tout sauf bon pour lui. Hors de question. Elle a déjà eu du mal à s'en dépêtrer par message tout à l'heure, alors si elle lui annonce qu'elle entend des voix, il risque de rappliquer chez elle en robe de chambre, ses perfusions plantées dans les bras.

Gabriel ? Non plus ! Pas après ce que ce crétin lui a sorti. Elle l'a encore en travers.

Gus ? Oui, Gus. L'ami de toujours, même s'ils sont distants l'un envers l'autre ces derniers temps. Il saura l'écouter… Il faut juste qu'il décroche.

Ce n'est pas le cas après trois essais.

Alors, elle lui envoie un message :

Tu fais quoi ?

La réponse tombe quelques minutes plus tard, laconique :

Désolé, oqp. Je bosse pour me faire un peu de thunes.

OK, pas grave @+

@+

Gus qui travaille pour gagner de l'argent de poche ? Lui qui est si timide d'ordinaire, ça aussi, c'est bizarre. Qu'est-ce qu'il peut bien faire comme petit boulot ? Elle n'en a aucune idée. Mais elle regrette d'avoir sous-estimé le fossé qui s'installe entre eux peu à peu.

Tout ça finira bien par se calmer, tente-t-elle de se rassurer. *Il faut que je lui propose un aprèm « séries » en duo avec pop-corn à gogo dès que ce sera possible.*

Harassée, elle se laisse tomber en étoile de mer sur son lit.

— C'est officiel, j'suis dingue ! dit-elle à voix haute pour anticiper une parole étrangère qui ne vient pas.

C'est la première fois que ses flashs se font si nets. Elle a vu l'autre. Les bois. Les arbres. Senti la caresse de la terre humide sous les pattes. Mais c'est elle qu'il traquait.

Que se serait-il passé s'il était entré dans le chalet de Tal ?

Tuer... Ou être tuée...

— ÇA SUFFIT ! ordonne Ambre en s'asseyant d'un bond au bout de son lit. Sors de ma tête !

— Tout va bien, ma chérie ? se présente sans prévenir sa mère à la porte de sa chambre. Tu as fait un cauchemar ?

— Oui... pardon... oui, c'est ça, s'excuse Ambre en dévisageant Victoria comme s'il s'agissait d'une extraterrestre.

— Ma pauvre, dit celle-ci en s'approchant.

Elle hésite un instant à se lancer dans des effusions. Son ado de fille trouverait sûrement cela inapproprié.

— Tu veux un thé ? propose-t-elle en guise de substitut. J'allais justement descendre m'en préparer un...

— Non, merci, ça ira, décline Ambre.

— Comme tu voudras, se résigne sa mère avant de se retirer à regret.

L'odeur.

— Quoi, l'odeur ?

— Tu disais ? demande Victoria en faisant un pas en arrière.

— Non, rien. Je parlais toute seule, marmonne sa fille.

Elle.

*

« Ménager la chèvre et le chou. »

Une expression désuète que Gus a déjà entendue dans la bouche de Miss Granger se plaignant de la clientèle de son épicerie ou de son mari, Todd.

Il avait trouvé la formule amusante et en avait demandé la signification à sa mère. En résumé, Gus bouge ses pions sans se positionner.

D'abord, Helm qui met Stevenson hors jeu. Mais la suite, il était loin de l'avoir envisagée, ne l'avait pas vue venir…

Heureusement, on lui a ouvert les yeux.

Il sourit, non pas de joie mais mû par une nouvelle assurance. Un trait de caractère qu'il ne se connaissait pas. Il continue à bricoler dans le garage de son père en malmenant de la ferraille. Longtemps, il a été terrorisé par Victor Helm et ses sbires, mais cette époque est révolue. Il a pris son destin en main. Il ricane :

— Prendre son destin en main, le jeu de mots idéal !

D'après ce qu'on lui a confié, Helm n'est pas près de la ramener. Le roi des emmerdeurs du lycée est mort, vive le roi ! Il y a un poste à pourvoir !

Plus personne n'a le droit de dire à Gus de dégager ou de se faire si petit qu'il en vienne à disparaître. Il ne sera plus invisible, jamais. Il va accomplir quelque chose de grand. Une chose dont toute la ville lui sera reconnaissante.

Elle le lui a promis, et tout le monde à Tilsville sait qu'elle tient toujours ses promesses.

INGÉRENCE

Un jour après la pleine lune

Le manque de précision.

C'est le principal reproche que Talbert peut faire à Ambre. Les lunes qui se sont déroulées sans lui en sont la preuve manifeste. Malgré le flot de questions qu'il a pu lui poser, son grand-père n'a eu droit qu'à un :

— Arrête de t'inquiéter, tout s'est bien passé !

S'inquiéter ? C'est justement son job ! Toute sa vie, Talbert s'est toujours inquiété de tout et pour tout le monde : sa femme, sa fille, et maintenant la gamine.

— Pas étonnant que le palpitant n'arrive plus à suivre ! grogne-t-il en descendant de l'ambulance qui l'a ramené chez lui.

Le vieil homme prend rapidement congé de son escorte. Il a refusé de bénéficier des visites d'une aide-soignante. Tout ce qui lui importe, c'est de rentrer et d'inspecter la pièce où Ambre a continué à s'isoler en son absence. Sa valise et le linge sale attendront.

Un premier tour d'horizon le rassure. Rien ne semble avoir bougé, à un détail près. Talbert descelle la latte du plancher de sa chambre pour en dégager son fusil à canons superposés. L'arme est prête à l'emploi, si ce n'est que l'un des chiens n'a pas été rabattu, chose à laquelle il veille toujours avant de la cacher.

— Je te connais par cœur, grimace-t-il en réparant cette erreur.

Talbert a menti sur l'horaire de sa sortie. Ambre est en vacances. Elle ne devrait pas tarder à se montrer.

Elle débarque quelques minutes plus tard.

— Mais !? Tu es déjà arrivé ? s'étonne-t-elle, déçue de ne pas avoir été là pour accueillir son grand-père.

Étreinte des retrouvailles.

Méchant.

Lui ? Mais pas du tout, se répond Ambre à elle-même, en veillant à ne rien laisser paraître à Talbert de ces conversations qui viennent de plus en plus s'immiscer en elle depuis la dernière lune.

Si. Cruel.

Odeur. Derrière la porte.

Tais-toi, tu racontes n'importe quoi, émet-elle en pensée pour son autre voix intérieure.

Silence. Retour au tangible avec les questions pressantes de son grand-père :

— Tu es sûre que tout s'est bien passé ? Et l'autre ? Tu sais où il se terre ? Je suis étonné qu'il n'ait rien essayé… Tu ne t'es pas mise en danger, au moins ? Tu as fait tout ce que je t'ai dit ?

Ambre jongle. Elle répond à Tal, mais elle lutte également avec cette part d'elle-même qui commence à échanger avec elle. Sa part animale. Elle a fini par comprendre que tout son corps se mobilise à l'approche du danger. C'est la seule explication plausible pour ce dialogue qu'elle trouve nauséabond. Elle a tellement envie d'ordonner à sa louve de dégager, de foutre le camp de son anatomie, de la laisser en paix pour qu'elle puisse grandir et s'épanouir comme une fille de son âge. Mais elle sait aussi qu'elle mène une guerre contre sa nature et que si celle-ci gagne, elle est perdue.

*

Oui ou non ? Il reste indécis de bout en bout…

Elle lui manque. Il sait qu'elle a cherché à le retrouver plusieurs fois, pas seulement au lycée, mais Gabriel ne sait plus où il en est et a tout fait pour l'éviter.

Rien de nouveau pour un paumé !

Une autocritique qui renforce son état dépressif comme après chaque pleine lune… Pff ! Voilà qu'il se met à jouer les « Madame Irma », à divaguer à propos des effets de la lune sur son irritabilité et son manque de sommeil. Ce qui est certain, c'est que cet astre ne laisse pas indifférent et éveille beaucoup d'interrogations chez nombre de gens. C'est pourtant la veille qu'il a reçu ce message anonyme glissé sous sa porte :

Ne t'approche plus d'Ambre !

Une chance que ce soit moi qui l'ai trouvé et pas maman, rumine-t-il en fouillant les placards de leur cuisine.

Gabriel s'est senti épié, surveillé au moindre pas à l'extérieur. Il en a eu confirmation via ce mot… Gus. C'est en relisant la mise en garde qu'il s'est souvenu d'un détail de l'embuscade tendue par Helm et sa clique. De ce qu'il a cru entendre : « Faut que ça fasse vrai, Garibaldi ! »

L'adolescent demeure maussade face à cette éventualité. Pas un instant il n'a envisagé la possibilité d'une rivalité amoureuse avec Gus. Il avait même pris soin de lui demander s'il y avait plus que de l'amitié entre lui et Ambre, auquel cas il aurait respecté sa réponse… Pourquoi en arriver à cette violence ? Il hausse les épaules, veillant maintenant à rester derrière le rideau de la fenêtre pour épier l'extérieur tout en mordant dans un biscuit trop sec.

L'homme n'est pas là. Tant mieux.

C'est son second suspect. Lui aussi peut avoir écrit ce mot.

Le père d'Ambre.

Gabriel l'a remarqué récemment. Il s'était caché, plutôt maladroitement, derrière un arbre du square pour le prendre en filature lors de l'une de ses sorties nocturnes. Au départ, il avait failli opérer un demi-tour pour lui demander ce qu'il voulait, mais il n'avait pas osé et avait préféré le balader en ville jusqu'à ce qu'il se lasse, ce qui avait duré plusieurs heures.

Un père protecteur?

Possible. Après tout, il n'a pas le meilleur des CV à présenter.

T'as rien du gendre idéal, crois-moi! se reproche-t-il une fois de plus.

Mais s'il y a bien un truc que Gabriel déteste, c'est qu'on lui interdise quelque chose. Il n'y a rien de tel qu'un ordre mal avisé pour lui donner envie de faire le contraire.

Salut…

Pas de réponse à son message, pas besoin d'être un devin pour s'en douter. Ambre ne va pas lui répondre aussi facilement.

Je me disais qu'on pourrait prendre un verre pour discuter…

J'ai des trucs à te dire…

Je t'invite bien sûr…

Enfin si t'es OK…

Je comprendrais que tu ne veuilles pas…

OK, j'ai été bête…

Mais j'ai une excuse…

Enfin, non, j'aurais jamais dû te dire ça…

Ambre ?

Toujours pas de réponse à sa salve de SMS. Il l'avait sous le nez depuis le départ. Son amour pour cette fille.

Il l'aime. Et personne n'a le droit de les empêcher de se voir. L'amour, le vrai, n'a ni frontière ni statut social. Il aura la rage face à quiconque voudra lui prouver le contraire, sans savoir jusqu'à quelle extrémité…

Message.

Déception.

C'est sa mère. Apparemment, elle vient de quitter le travail :

> Je dois passer à la pharmacie, tu as encore des pastilles pour la gorge ?

> Plus besoin, merci maman.

Il prie pour qu'elle ne mette pas les pieds dans le plat avec le père d'Ambre en lui vantant les qualités de son fils au détour d'une banale conversation.

*

— Qu'est-ce que tu fabriques ? s'alarme Ambre. Tu ne devrais pas être dehors, enfin !

— On va devoir renforcer les défenses, jeune fille ! répond son grand-père, occupé à étudier les meilleurs emplacements possibles autour de chez lui pour implanter de nouveaux pièges rouillés. Sinon, je crains que la prochaine lune ne soit notre dernière…

Un gros 4×4 surgit au même moment au bout du chemin principal. La police.

Tal lance un regard contrarié à sa petite-fille. Que viennent-ils faire jusqu'ici ?

Deux agents ne tardent pas à sortir du véhicule pour les saluer. L'adolescente croit les avoir déjà vus lorsque le lycée a été bouclé après la mort d'Emmy.

— Monsieur Montaigne, salue le premier avec un air contrit, révélateur d'une mauvaise nouvelle à annoncer.

— Bonjour, messieurs, répond Talbert, dubitatif.

— Nous sommes désolés, déclare le deuxième en soulevant son couvre-chef pour dévoiler un crâne chauve, le maire a délivré un arrêté… Personne ne doit séjourner en dehors de la ville pendant les trois prochaines semaines.

— Pardon ?

— Pas de camping sauvage, rien de tout ça, reprend le premier agent, la mine pincée. On va recommencer les battues pour s'assurer qu'il n'y ait plus de problème, vous voyez ?

— Et en quoi ça me regarde ?

— Le maire voudrait voir avec vous pour qu'on puisse établir une sorte de camp de base ici, dans le coin…, explique l'autre agent en balayant d'un geste la zone autour du chalet.

— Et c'est le jour où je rentre de l'hôpital que vous me demandez ça ? s'agace le vieux bûcheron. Vous ne pouviez pas faire vos battues avant ? Pendant que je n'étais pas là ?

— Désolé, on vous comprend, s'excuse le policier, mais un gamin aurait aperçu une bête traîner dans les parages. Le maire ne veut pas d'autres histoires, vous comprenez ?

Oh ça, oui, Tal connaît trop Tilsville pour ne pas comprendre ce qu'il veut dire par là…

— Et je vous avoue qu'on n'a pas trop envie de voir la police d'État débarquer pour nous tirer les oreilles…, croit utile d'ajouter l'agent au crâne dégarni. Un petit coup de main serait bienvenu, tout le monde sait que vous connaissez la forêt comme personne…

— Rassurez-vous, on ne vous demande pas de venir avec nous sur le terrain, l'interrompt son collègue, juste de nous aider si on a besoin de précisions. On veillera à ne pas trop vous déranger…

Tal rumine. Il prend soin de ne rien laisser paraître, mais il sent bien que l'arrivée opportune de ces fonctionnaires cache autre chose.

Est-ce que l'autre sait qui est sa petite-fille ? Serait-ce dans ce but qu'on cherche à lui mettre la pression ? En tout état de cause, s'il refusait, ça pourrait éveiller les soupçons ou attirer les regards sur eux. Ce n'est pas souhaitable.

Il ne faudrait pas non plus que les policiers découvrent sa pièce spéciale en venant quémander un café ou une information… Il doit être lucide, le chalet n'aura bientôt plus rien d'un havre de paix caché au fond des bois si des volontaires quadrillent les environs et plantent leur QG sur son terrain.

— Vous pouvez dire au maire que c'est d'accord, finit-il par répondre avec une moue exprimant qu'il n'aime pas leur façon de faire. Si c'est pour la sécurité des habitants de Tilsville, on trouvera forcément une solution, conclut-il en les invitant à repartir sur cet avis positif.

Les agents le remercient d'une poignée de main. Ils sont visiblement soulagés.

— Excusez-moi, les interpelle Ambre juste avant qu'ils remontent dans leur véhicule. Vous avez parlé d'un garçon qui aurait vu une bête rôder par ici ?

— Mmm… Attendez… je vérifie, répond le chauve. Oui, Giuseppe Garibaldi ! Vous le connaissez ?

APPRÉHENSION

Vingt jours après la pleine lune

Talbert.
La gorge tranchée.
Le sang.
La frayeur dans ses yeux.
Un autre.
Il se traîne.
Plaintes inutiles.
— Pitié, ne fais pas ça… Non! Non! Nooon!
Le pousser du museau.
Contact d'une peau jadis aimée.
Sentir la vie s'échapper.
Le fixer.
Inanimé.
Gabriel.

Ambre se réveille d'un bond, prise d'une crise d'angoisse tant son cauchemar lui a paru réaliste.

Bientôt.

Quoi, bientôt? Tu ne vas rien faire de tout ça, tu m'entends!? défie-t-elle sa part animale. *Sinon, je te jure que je te tue!*

Impossible.

M'oblige pas à te montrer… Tu serais surprise…

Grrr!

Ouais, c'est ça. Ferme-la, ça vaut mieux pour tout le monde!

Mauvaise humeur. Les réveils s'enchaînent de la même manière depuis qu'elle a décidé de dormir chez son grand-père. Si l'accès au chalet de Tal ne leur est pas interdit, celui-ci se trouve sous les projecteurs. Les va-et-vient quotidiens des batteurs en témoignent depuis la semaine dernière.

Sa part animale n'est pas en reste. Elle se manifeste beaucoup plus fréquemment, comme si une frontière s'était brisée. Ambre n'en a toujours pas informé son grand-père. Elle suppose qu'il ne comprendrait pas. Mais il y a aussi cette minuscule lueur d'espoir qui lui fait croire que ces échanges peuvent déboucher sur quelque chose… Quoi? Elle ne le sait pas. Mais, une fois encore, c'est l'instinct qui parle.

Reste qu'elle a toujours un problème. La nouvelle pleine lune est clairement un défi lancé par son rival. Tal pense que si le maire a pris cette décision de battues, c'est que quelqu'un la lui a soufflée à l'oreille.

— Rob Stanton n'est pas notre homme, affirme le vieil homme à l'heure du petit-déjeuner. Il fait partie des premiers que j'ai surveillés. Mais il est fort probable qu'on l'utilise pour nous gêner.

Une stratégie qui paie pour le rival fantôme, puisque la jeune fille ne sait toujours pas où elle va pouvoir trouver refuge lors de la prochaine lune ronde.

C'est évident. Son ennemi en connaît beaucoup plus sur elle que l'inverse, ce qui lui laisse la boule au ventre en permanence.

— À tout hasard, tu as essayé de voir si Gus a remarqué quelque chose d'inhabituel ? reprend son grand-père.

— Pas vraiment, répond Ambre. Il est un peu bizarre en ce moment. J'avais envie de lui poser la question, mais comme t'as jamais vraiment voulu que j'en parle à quelqu'un d'autre… J'ai fait comme d'habitude et j'ai tout gardé pour moi, soupire-t-elle.

— Je sais, c'est pas toujours facile, regrette Tal en se mordant la lèvre. Je me suis peut-être trompé… À vrai dire, depuis mon AVC, je ne sais plus trop si on a bien fait… Peut-être que j'aurais dû t'emmener ailleurs…

— Où ça ? Genre, m'emmener dans un endroit encore plus paumé ?

— Non, je pensais plutôt à des soins…

— Pour finir en rat de laboratoire ? Les infirmières t'ont fait perdre la tête ou c'est moi ?

Son grand-père hausse les épaules pour chasser les doutes.

— Oui, t'as raison, petite. Je crois que tout ça me tape un peu trop sur la cafetière… Mais… tu sors ?

— On dirait maman !

Tal se rembrunit. Il pense que la présence de sa petite-fille à ses côtés n'a fait que déliter ses propres rapports avec sa fille. Il a hésité à lui téléphoner afin d'en discuter avec elle, mais Victoria n'a pas daigné décrocher. Elle lui en veut. Lui aussi. Rien d'étonnant.

— Oui, je vais voir Gabriel, finit-elle par répondre en découvrant l'air contrarié de son grand-père. On doit parler de pas mal de trucs…

Elle se tait quelques secondes avant de reprendre pour clarifier :

— Mais on ne parlera de rien qui ait des crocs, si ça peut te rassurer !

Talbert a envie de lui souffler qu'elle devrait peut-être, mais il se retient et lui adresse un signe de tête en guise de consentement compréhensif. Ce garçon, Gabriel, il n'arrive pas vraiment à le cerner. S'il n'avait pas eu cette foutue attaque cardiaque, il aurait certainement eu l'occasion de le pister ou de vérifier un peu plus ses alibis… Après tout, il a été embarqué par les flics.

Mais Ambre a atteint un âge auquel elle peut faire ses propres choix dans le domaine des fréquentations. Tal doit apprendre à lui faire confiance. Elle le lui a prouvé en se débrouillant toute seule en son absence. C'est un fait. Elle a beaucoup gagné en maturité.

En sortant, Ambre passe à proximité d'un groupe d'hommes en treillis de camouflage, occupés à étudier une carte du terrain épinglée sur arbre. Bien entendu, les recherches n'ont rien donné jusqu'à présent, et ces battues se transforment le plus souvent en séances de chasse au gibier, ce qu'elle ne peut que déplorer sans pouvoir s'y opposer.

Chasser.

Ta gueule, songe-t-elle, irritée, pour couper court.

Bientôt mon tour…

Ouais, ben, te fais pas trop d'illusions !

Laisse-moi.

Te laisser te promener en liberté ? Pour que tu bouffes tout le monde ? Tu rêves !

Pas tout le monde.

Ah ! Parce que tu veux me faire croire que tu choisis tes proies, maintenant ? Depuis quand ? « On » fait la difficile !?

Lui. Juste lui.

Gémissements plaintifs.

Fin de conversation. Une de plus, dont l'étrangeté ne la surprend plus autant qu'au début. C'est presque une discussion, un échange. Primitif, certes.

— Juste ce qu'il faut pour être sur les nerfs avant de le voir, marmonne Ambre.

Le rendez-vous a lieu une heure plus tard, Gabriel avait pensé l'inviter chez Rex mais il est encore tôt, même pour un café. Au final, c'est dans le square près de chez lui. Il prétend vouloir lui dire des choses. Il a insisté, lourdement. Elle a pensé que ça aurait au moins le mérite de lui changer les idées. Mais pas seulement, car Gabriel est toujours là. Avec elle. Il hante ses cauchemars depuis des nuits, comme son grand-père, ses parents ou Gus. Tous victimes.

Ça ne s'arrêtera jamais.

Son ami est déjà arrivé. Il est adossé au banc et la regarde approcher sans baisser les yeux.

— Salut, tu voulais me voir ? lâche Ambre en regrettant aussitôt d'entamer leur discussion par un régime de banalités éculées.

— Oui… Tu vas bien ?

— Ça peut aller. Mais, rassure-moi, tu ne m'as pas fait venir ici juste pour me demander ça ? questionne-t-elle, farouche.

— Non ! s'exclame Gabriel en ne sachant pas comment s'y prendre. Bien sûr que non. Je me disais… enfin… je voulais surtout te dire que l'autre jour… j'étais pas vraiment moi-même…

Elle lui lance un regard pour l'inviter à poursuivre.

— J'ai pas mal déconné ces derniers temps…, se lance-t-il d'une voix fébrile. Avant d'arriver ici, j'ai même failli faire de la préventive pour une bêtise…

— Par pitié, ne me dis pas que j'ai embrassé un tueur en série… ?

— Nan, se détend un peu Gabriel en prenant la chose avec humour, quand même pas… J'ai volé des trucs dans un magasin, tu vois… Des trucs d'ado attardé… Et puis on est venus ici.

— Et qu'est-ce que j'ai à voir dans tes histoires ?

Comment lui expliquer qu'elle a tout à voir. Que c'est elle qui lui a redonné confiance en ce qu'il était, qu'il n'avait plus l'habitude. Qu'il ne l'a peut-être jamais eue.

— J'ai mis un peu de temps avant de trouver mes marques quand on est arrivés ici, avec ma mère. Tu parles d'un bled ! Je suis sûr qu'il y en a pour nous espionner en ce moment même…

— Possible…, opine Ambre en relevant la tête pour regarder autour d'elle.

— J'avais cette petite voix qui me disait que tu étais trop bien pour moi, tu comprends ? Je ne me sentais ni à ma place ni à la hauteur…

L'adolescente reste muette. Elle saisit un peu mieux mais réfute cette excuse de différence des classes. Elle n'est pas et ne sera jamais une petite bourgeoise friquée qui se la raconte avec l'argent de ses parents. Elle se construira toute seule.

Non. Pas seule.

Toi, c'est pas le moment, c'est clair ?

Après quelques minutes durant lesquelles Gabriel tente de mettre des mots sur son mal-être pétri d'incertitudes, il lui raconte aussi l'embuscade de Helm et ses complices.

— Et c'est pas tout, révèle-t-il enfin. Gus…

— Quoi, Gus ? s'inquiète Ambre, sur la défensive.

— Il s'est fait taper dessus, lui aussi…

— Je m'en doutais ! Mais pourquoi est-ce qu'il ne m'a rien dit, cet idiot ?

— Pas cogné comme tu l'entends…, rectifie Gabriel.

— Qu'est-ce que tu veux dire ?

— Je ne suis pas sûr, mais avant de m'évanouir j'ai entendu Helm lui causer…

— Et alors ?

— Ça laissait comprendre que Gus lui avait demandé de venir…

Silence.

— J'ai trouvé ça bizarre quand il m'a proposé de faire la route avec moi alors que ça lui faisait faire un détour. Et puis, il a parlé de son raccourci… Bref…

Une fois de plus, Ambre demeure muette un long moment. Comment son ami a-t-il pu en arriver là ? Elle a du mal à y croire, comment a-t-il pu changer à ce point ?

Odeur.

Quoi, l'odeur ? Quelle odeur ? pense la jeune fille en forçant discrètement son inspiration suivante.

Mmm…

Super. Rien de plus à tirer des commentaires de sa part bestiale. Et, tandis que Gabriel tente de reprendre sa litanie d'excuses, se dire qu'elle aurait aimé entendre ça plus tôt. Que ce n'est plus le moment. Il y a trop de risques, pour elle mais encore plus pour son entourage. Tal et elle sont convaincus que son rival est quelqu'un qui a de l'influence et qu'il n'a pas encore joué toutes ses cartes. Son grand-père lui a expressément demandé de demeurer méfiante avec tout le monde, et c'est ce qu'elle fait.

— Tu m'écoutes ? s'interrompt Gabriel.

— Oui, pardon ! répond-elle. Je réfléchissais à tout ça en même temps…

— Je comprends. J'imagine que tu as besoin de quelques jours pour y penser…

— Penser à quoi ? questionne Ambre en s'apercevant qu'elle a loupé un pan de ses propos.

— Bah, à nous ! s'indigne un peu Gabriel. Je te demande juste une autre chan…

— Il n'y pas de « nous », le coupe-t-elle d'un ton plus froid, en sentant son cœur se serrer à l'écoute de ses propres paroles. Tu l'as dit toi-même…

Puis elle le fixe une dernière fois dans les yeux et lance, avant de repartir comme un courant d'air pour ne pas craquer après cette décision difficile :

— Je suis désolée…

— Mais !? s'insurge Gabriel en essayant de la rattraper par le bras sans oser trop insister. Ambre ?

Trop tard. Elle ne se retourne plus.

Les larmes coulent maintenant sur ses joues comme deux fines rivières qui menacent de ne jamais s'arrêter.

Lui.

Elle ne relève pas. Elle ne répond pas non plus au bonjour amical lancé depuis l'épicerie de Miss Granger. Ils peuvent aller au diable tous autant qu'ils sont ! Seule. Elle veut juste rester seule.

Il attend.

Mais seule, elle ne l'est pas.

LUNE

Un jour avant la pleine lune

Le temps est devenu l'ennemi, et le mois file en un claquement de doigts. Toutes les possibilités sont étudiées pour en finir : se cacher ? Partir ? Fuir ? Ou au contraire faire face à l'adversité et se préparer à contre-attaquer ?

Une chose est certaine, ce soir Ambre doit prendre une décision.

Le chalet n'est pas une option. Tal l'a suffisamment souligné. Il a joué le jeu en se rapprochant des policiers qui dirigent les battues, en leur proposant régulièrement un café. Une offre intéressée qui lui a permis à maintes reprises de voir quels secteurs sont quadrillés, dans quelles limites et à quelle fréquence. C'est aussi de cette manière qu'il a été informé de l'arrêt des recherches deux jours après la pleine lune…

Tiens donc, comme par hasard! songe le grand-père d'Ambre, conscient qu'on essaie de les faire sortir de leur territoire habituel.

Tal se mord les lèvres. Il croit toujours que ce n'est pas le bon choix et s'est livré à une énième tentative ce matin en proposant à sa petite-fille de partir au moins à deux cents ou trois cents bornes. Mais la gamine s'y oppose, ça ne ferait que retarder le problème. Elle n'a pas tout à fait tort. Toutefois, avec plus de temps, ils pourraient certainement améliorer leur plan…

Durant le mois qui s'est écoulé, bien qu'en convalescence, Tal s'est refusé à rester inactif. Deux ou trois fois par semaine, il a prétexté se rendre chez son cardiologue pour faire une virée dans les bois en veillant à être toujours hors du secteur des battues. Ce qu'il a cherché ? Des traces, notamment de la fiente de loup-garou… Il a assez nettoyé la cellule d'Ambre pour savoir que ces bêtes libèrent leurs déjections avant de redevenir humains, sans doute d'autant plus s'ils ont dévoré des personnes lors de leurs escapades nocturnes. Des traces répugnantes, mais le genre de renseignement important pour tenter de repérer d'éventuelles habitudes prises par l'autre…

Ce type n'agit pas tout seul, se répète Tal, qui continue de s'interroger sur son identité.

Un policier ? Possible. Un notable ? Plus probablement. Et puis, il s'est souvenu de l'arrivée de la serveuse chez Rex et de son gamin, celui qu'Ambre voyait régulièrement… Gabriel.

*

« Suis-moi je te fuis, fuis-moi je te suis », ce dicton n'a fait qu'éveiller les soupçons de Gabriel. Il n'envisage pas de rester sans réagir si quelqu'un, ou quelque chose, se met au milieu de leur relation. Ce doute continue de résonner en lui. Il s'inquiète car il l'a sentie préoccupée. Elle ne lui a pas tout dit, c'est certain.

Ambre ne lui donne pas d'autre choix.

Il ne peut pas la laisser partir, pas tout de suite.

*

Le plan décidé par Tal pour cette nuit est d'une logique implacable. Sa mobilité en sera l'atout majeur…

Reproduire la sortie d'il y a quelques mois, lorsqu'ils suspectaient à peine la présence du second loup-garou, est un compromis acceptable si on prend soin de transporter Ambre dans le 4×4 sur un circuit préalablement défini et en faisant des arrêts plus brefs. Pas d'embuscade, mais un jeu du chat et de la souris en se servant du terrain comme allié pour gagner en rapidité. Tal a envisagé de quitter le périmètre, mais cela augmenterait le risque de manière non négligeable. Il y a trop de paramètres qui peuvent parasiter leur progression, comme un contrôle de police inopiné, sans oublier sa moins bonne connaissance de la géographie d'autres horizons. Ici, sur le secteur qu'il a appris par cœur, il est encore sur son territoire.

Dix arrêts qui peuvent tracer un pentacle sur une carte routière.

Reste à charger le matériel sans éveiller la curiosité des meneurs de battues qui grouillent toujours autour du chalet.

La cage sous sa bâche n'est pas ce qui pose problème puisqu'elle n'a jamais été débarquée depuis leur précédente virée nocturne. Tal s'emploie seulement à la faire oublier en chargeant un demi-stère de bois à l'arrière, en veillant à coincer la bâche pour rebuter tout fouineur éventuel.

Le bois est également propice à la dissimulation de quelques objets rouillés dont il préfère ne pas évoquer le transport auprès de sa petite-fille.

Réfléchir à toutes les éventualités…, se borne à se répéter Tal en dressant un inventaire silencieux de tout ce qui peut leur arriver cette nuit.

Bien entendu, il lui faut des armes. Un seul fusil ne sera pas suffisant, et c'est ce qui le contrarie le plus. Impossible de passer devant les autochtones avec un étui à guitare ou à violon qui cache une mitraillette, comme dans les vieux films de gangsters. La simplicité reste une fois encore l'option qui a la plus grande chance de fonctionner. Tal choisit donc un prétendu déménagement :

— Vous partez ? On ne vous chasse pas, au moins ? l'interpelle l'un des policiers qui coordonnent les recherches stériles.

— Juste pour le week-end, répond-il avec un sourire qui se veut rassurant. Je vais chez ma fille me faire chouchouter, explique-t-il, un carton dans les bras.

— Veinard ! réplique l'agent en se précipitant vers lui. Attendez, je vais vous aider !

— Non, ça ira.

Mais l'homme n'écoute pas et entreprend lui-même de charger le carton sur le siège avant du 4×4.

— Eh bien, ce n'est pas léger ! fait-il remarquer en plaisantant. Je n'imaginais pas que vous étiez du genre à emporter toute votre garde-robe !

— Ha ! Ha ! Si seulement. Pensez-vous, ce sont des livres… À mon âge, il faut bien s'occuper si on n'aime pas la télé, pas vrai ? conclut-il en se délestant d'un sac à dos pour le poser sur le carton litigieux comme si de rien n'était.

— Pour sûr !

Partir. Tal lâche un soupir soulagé en montant dans le 4×4.

Allons, ça va bien se passer ! tente-t-il de prophétiser.

Il n'a plus qu'à rejoindre Ambre au lieu de rendez-vous.

*

L'adolescente connaît le plan. Pourtant, elle ne prévoit pas d'obéir. Elle ne veut plus qu'on prenne de risques pour elle, ce soir en particulier. Le danger est imminent. Jusqu'à maintenant, son étau n'a fait que se resserrer autour d'elle, mais cette nuit ce sera différent. Sa part animale l'a convaincue.

Laisse-moi.

Nouvelles plaintes ?

Non, revendications.

La lune ne va pas tarder à irradier, astre divin d'une nuit entière.

Pourquoi je te ferais confiance ? réitère Ambre.

L'autre.

Et qu'est-ce qui me dit que tu ne t'en prendras qu'à lui ?

L'autre.

C'est bon, change ta playlist…

— Ça y est, je suis parée pour l'asile ! grince-t-elle à voix haute tandis qu'elle continue de pédaler comme une dératée sur un chemin de terre.

L'endroit vers lequel elle se dirige n'est qu'un vague souvenir qui remonte au primaire, lorsque tout allait bien. Enfin, c'est ce qu'elle croyait à cette époque d'innocence.

Son autre la guide. Ambre a décidé de suivre les élans de sa part animale. Elle sent que, cette nuit, elle peut mettre un terme à tout ce cirque. Les choses rentreront bientôt dans l'ordre. Elle l'espère du plus profond de son être. Tout ce à quoi elle aspire, c'est à revenir à un simulacre de vie tranquille. Faire semblant que tout va bien, c'est déjà positiver. Elle se rappelle ses sentiments lorsqu'elle rechignait à se rendre chez son grand-père une fois par mois… Une obligation qui la fait rêver, à présent.

Promesse.

Tu me l'as déjà dit !

Libre.

Pas faire mal.

Je te le répète aussi, ma vieille… si tu me trahis, tu le regretteras ! Ce sera moi qui te tuerai… tu m'as bien comprise !?

Silence.

La folle conversation d'Ambre avec sa part sombre s'arrête un instant tandis que le chronomètre poursuit son inexorable compte à rebours.

Tu es sûre de pouvoir le battre ?

Tuer.

L'autre.

De toute façon, si tu foires, on sera vite au courant toutes les deux !

Chasser l'autre.

La lycéenne aperçoit la ruine en contrebas de sa ligne d'horizon. Elle en avait un autre souvenir, celui d'une bâtisse où vivait une lointaine cousine de sa mère dont elle ignore le destin. Sans doute est-elle morte. Mais pourquoi venir ici ? Déjà, parce que c'est complètement paumé, et qu'elle a peu de chances d'y croiser quelqu'un. Ensuite, c'est elle… ou plutôt son instinct, qui la guide et lui souffle que c'est dans cet endroit que ça va se passer.

Elle cache son vélo dans les fourrés et s'engage dans le vestige de pierres qui commence peu à peu à sombrer dans l'obscurité. Elle y pénètre sans appréhension. Sans crainte, comme s'il ne pouvait rien lui arriver. Un début d'escalier lui rappelle qu'il y avait un étage. Ambre lève les yeux vers le ciel.

La nuit est sans étoiles.

Elle s'arrête dans ce qu'elle pense être l'ancienne salle à manger de la maison, au regard de la taille de la pièce. Le mobilier a disparu. Le parquet aussi. Champignons, lierres et mauvaises herbes règnent sur les lieux avec l'intention de les dévorer au fil des ans.

Reste une ultime décision à prendre avant de se mettre nue. Va-t-elle s'attacher pour se garder une marge de sécurité et ainsi éviter que sa louve-garou ne détale, ivre de liberté, pour trouver des sentiers habités et y sévir ?

La chaîne qu'elle sent rebondir dans son sac à dos le long de sa colonne vertébrale lui promet une assurance supplémentaire. Elle va donc l'utiliser.

Non.

Ambre n'écoute pas et la passe bientôt autour d'une poutrelle métallique, reste de la défunte toiture de la bâtisse abandonnée. Elle pense à Tal et a pris soin d'éteindre son téléphone de peur d'avoir envie de faire marche arrière. Puis vient l'image de ses parents, qu'elle imagine attablés devant un repas chaud, échangeant des banalités. Enfin, c'est le portrait de Gabriel qui apparaît et qu'elle garde en tête avant un dernier message à elle-même :

Utilise le répit que je t'offre. N'oublie pas la promesse qui nous lie…

Ambre est frêle. Elle paraît même menue, perdue au milieu des arbres dont les branches dansent sous un vent léger, indifférentes.

La jeune fille commence par haleter. Puis elle convulse. Son ventre se met à produire des bruits étranges qui démarrent par des gargouillis pour se muer peu à peu en succions, jusqu'au premier os qui craquelle.

Elle se traîne sur le sol. Ses doigts s'enfoncent dans la terre meuble qu'elle ne parvient pas à étreindre. Ses côtes se fendent, s'ouvrent, elle se transforme. Sa chair s'étire, se liquéfie presque, Ambre change. Les poils émergent, drus ou longs. Le souffle de la bête bouillonne dans ses poumons. Son sang siffle dans ses veines. Ses ongles disparaissent au profit de griffes râpeuses et effilées. La louve renaît.

C'est son combat.

CONFRONTATION

Pleine lune

La maudire.
Chercher à briser la chaîne.
Essayer encore.
S'arrêter.
Sentir.
Grogner.

Gus l'a suivie. Elle lui a dit :

— Tu verras par toi-même !

À présent, le voilà à arpenter un chemin perdu en bordure de forêt. Il préfère prendre le risque de se casser la figure dans une ornière que de s'éclairer. Quelque chose l'angoisse. Il n'est pas rassuré, comme s'il savait qu'il commettait une erreur. Des regrets ? Assurément.

Ambre l'a trahi. Elle lui cache quelque chose depuis longtemps. Il en est convaincu désormais. Il aurait pu tout accepter par amour, sauf d'être rejeté dans l'indifférence.

Elle ne fait plus attention à lui. Alors, il l'a suivie à plusieurs reprises…

Maintenant, Gus compte prouver de quoi il est capable en débarrassant la région de cette saleté qui pourrit la vie des habitants du coin depuis des mois. Oui, la bête qui a tué Emmy va mourir cette nuit.

Peuh ! Ça aurait pu être toi, la prochaine victime ! songe-t-il en blâmant Ambre pour son ignorance. Mais il va remédier à la chose. Ce soir, avec l'aide de sa bienfaitrice, il sera le héros de Tilsville.

En manquant glisser dans l'herbe gelée, Gus continue de s'interroger sur le lieu de rendez-vous. Il bascule la bretelle de l'arme qu'elle lui a confiée pour la faire passer de son dos à ses mains. La crosse de l'arbalète est glacée entre ses doigts. Il a eu le temps de s'entraîner à son utilisation en forêt où de pauvres troncs d'arbres ont volé en éclats sous l'impact des centaines de carreaux qu'il a tirés pour s'exercer.

Le lycéen est plutôt satisfait. Il se débrouille bien. Elle le lui a confirmé. C'est avec cette pensée qu'il quitte le chemin pour s'enfoncer dans un buisson en remerciant sa bienfaitrice de lui avoir offert ce blouson en duvet, idéal pour une partie de chasse ! Il n'a plus qu'à attendre le signal.

Fragile.
Petite chose.
Elle sait.
Prête à mourir.
Se sentir fort.
L'appel du sang.
La bête rase le bras de forêt en veillant à y rester. Le dos voûté, les membres puissants qui s'imposent sur le sol, elle progresse en terrain conquis et s'autorise même à pousser un premier hurlement en hommage à cette belle nuit.

Leur rivalité instinctive va s'achever par une mise à mort. Il sent la femelle faible, nerveuse, et regrette de ne pas avoir à la poursuivre, se privant ainsi de sensations d'excitation supplémentaires.

Parfums.
Voix.
Odeurs.
Ils sont encore là.
Grogner.
Leur ordonner de le laisser tranquille.
Les chasser de son esprit.
Se concentrer sur la proie.
La pister.
Simple.

Presque trop.

S'arrêter.

Se demander si c'est un piège et renifler le mur.

L'humidité. La pourriture.

Se rassurer.

L'ennemi est là, prêt à l'assaut. La louve le devine. Mieux, elle le sait.

Il s'est signalé sans vergogne. Il pense gagner sans combattre.

Il se trompe.

Vérifier la longueur de la chaîne et la maudire encore pour ce choix.

Gémir.

Se rapprocher de l'attache.

Se tapir et retenir son souffle pour écouter.

Battements de cœurs.

Ils sont plusieurs. L'autre n'est pas seul.

Peut-être l'ignore-t-il.

Pas elle.

Tendre l'oreille.

Bruits de moteur au loin.

L'homme. C'est le vrai prédateur.

Il lui veut du mal, mais elle se défendra.

Eux.

Tous.

Peu importe. Mais d'abord, l'autre.

Râle.

Il entre.

La silhouette du mâle se détache des restes de briques qui font office de décorum. Il avance, pas après pas, sur le qui-vive. Ses yeux dorés sont déjà rivés sur sa cible. La femelle est recroquevillée, signe de soumission ultime.

Il est bien plus âgé qu'elle et grogne, mécontent de ne pas trouver davantage de plaisir dans ce combat.

Le sang réparera cet affront.

Un pas de plus.

La lueur métallique de la chaîne qui lui enserre le cou l'avise qu'elle est attachée… En connaissance de cause, il la plaint presque.

Ses muscles restent contractés.

Un autre pas.

C'est à ce moment précis qu'il est surpris par la feinte.

Trop tard.

La louve n'est pas soumise.

En rien. Jamais.

Fierté.

Elle bondit sur lui, crocs dehors.

La chaîne est plus longue qu'il ne l'a imaginée.

Elle le sait. Il est à portée.

Les corps se percutent et elle le surplombe un instant, prête à le frapper.

Ses dents claquent dans le vide mais l'une de ses pattes lui lacère le buste.

Il hurle.

Douleur. Vexation aussi.

La louve recule. Elle est déjà prête à récidiver.

Cette fois, il esquive. Il parvient à lui rendre la pareille dans le dos et lui arrache quelques poils au passage.

Plaintes.

Lueurs rougeâtres sous la lune.

Désir accru d'en finir. De tuer.

Peu importent les bruits alentour. Il veut l'emporter.

C'est à son tour d'attaquer. Le mâle riposte, en force, sans finesse.

Erreur.

La chaîne devient alliée d'un instant quand la louve roule à l'opposé, le coupant dans son élan en se tendant. Alors la louve remarque aussi les bruits.

L'inattention lui coûte cher lorsqu'elle dresse les oreilles et détourne le regard une poignée de secondes. L'autre saisit l'occasion pour la renverser d'un coup d'épaule avant de plonger droit vers sa gorge.

Il la rate de peu.

Les corps se mêlent et font bander tous leurs muscles. Ils luttent pour leur vie. La femelle est plus petite, mais elle parvient à se dégager en lui mordant une patte. Elle va le payer !

Soudain, une brique tombe derrière eux.

Les deux bêtes tournent leur regard de concert vers l'intrus. Perché dans l'embrasure de ce qui devait être jadis une fenêtre, Gus brandit son arbalète. Il tremble plus que de raison et tente de retenir son souffle.

Le carreau part, fend l'air dans un sifflement, et se brise sur le sol pour signer un échec retentissant.

Elle lui a pourtant dit de faire le distinguo et de viser la bête rousse, que l'autre était… apprivoisée ? Il n'en a que faire en ce moment, et ne peut que regretter de s'être immiscé dans ce duel à mort.

Pris de panique, il s'active à recharger. Le deuxième carreau lui échappe des mains. Il jure et se baisse pour le ramasser.

— Bordel, qu'est-ce qui se passe ici ? résonne une voix derrière lui. Qu'est-ce que tu fous, Gus ?

Pris sur le fait, l'adolescent se retourne et découvre Gabriel Stevenson qui l'examine avec un regard affolé.

— T'aurais jamais dû me suivre…

C'est tout ce qu'il trouve à lui dire.

Le mâle change de proie.

Il le sait, ces deux-là comptent pour elle. La femelle s'est mise à gémir plus que de raison en essayant à nouveau de se dégager de ses fers. Sa réaction l'a amusé. Finalement, il va pouvoir la faire souffrir.

Le loup-garou bondit et sort par le vestige de fenêtre en frôlant le visage de Gus au passage. Le garçon recule par réflexe et tombe sur les fesses.

— C'est quoi, ce truc ? hurle Gabriel en faisant deux pas en arrière.

Le monstre se dresse devant lui.

Imposant.

Puissant.

Cruel.

— Sau… sauve-toi ! bafouille Gus.

Cette fois, elle y parvient.

La poutrelle cernée par la laisse de métal a cédé.

À son tour, la femelle bondit et sort de la ruine. Elle n'hésite pas et fond sur le mâle pour le percuter sur le flanc et le repousser.

Elle grogne.

Gabriel croit halluciner. Un monstre, c'est déjà dur à encaisser, mais deux… Celui-ci est plus petit, et son poil est roux. Mais peu importe, il doit fuir et tout de suite…

Odeur.

Approcher.

Coller le museau.

Avoir envie de le mordre.

NON! Tu as promis!

Grrr.

Je te jure que si tu le touches…

Les rôles sont inversés. Ambre est parvenue à communiquer avec sa part bestiale elle aussi. Tout lui paraît flou, brouillard aux limites de la conscience, mais cette odeur, elle la reconnaît.

Gémissements.

Reculer.

Garder le regard rivé sur lui.

Il compte pour elle.

Aussi.

Et l'autre?

Surprendre un bruit et tourner la tête.

Voir la pointe de la flèche luire sous la lune.

Le mâle se relève. L'entendre.

Ne plus savoir quoi faire.

Sifflement.

Se préparer à mourir.

Entendre hurler encore et frémir.

— NON!

Apercevoir le garçon bondir devant elle et s'écrouler, frappé en plein vol.

Gabriel? Gabriel?!

L'entendre l'alerter. La bête approche piteusement de celui qui a reçu la flèche. Elle le pousse du museau. L'entendre gémir, le carreau planté dans l'épaule.

— Merde, tu fais chier, Gus! T'es vraiment qu'un taré! jure le blessé, ivre de douleur.

La femelle se colle contre lui. Elle semble le plaindre. Ses yeux...

Gabriel a peur de comprendre.

C'est impossible, ce doit être sa blessure qui lui fait voir des choses qui n'existent pas...

Il ne peut s'empêcher de livrer ses doutes à voix haute et murmure sans y croire:

— Am... Ambre?

— Qu'est-ce que tu racontes ? s'insurge Gus, repoussant ses remords d'avoir touché son rival au lieu de cette bête immonde.

Étendu sur le sol, Gabriel tente de s'asseoir au prix d'un terrible effort. Il veut s'en assurer et tend la main vers la louve.

Mordre.

Pas question, c'est clair ?

Grrr...

Elle grogne, plus apeurée et méfiante qu'agressive.

Gabriel parvient à poser la paume sur ce corps difforme. Il sent sa chaleur et les battements trop rapides d'un cœur...

Témoin de cette scène accablante, Gus encoche un nouveau carreau d'arbalète. Stevenson lui donne envie de vomir. Il se refuse à croire à ces sornettes.

Le mâle, lui, n'a pas bougé.

Pour cause, il connaît l'arme brandie par celle qui approche à pas lents.

Il la savait présente, observatrice omnisciente de leurs affrontements.

Son odeur.

Sa voix.

Oh oui, il la connaît.

Obéir.

Sinon.

Douleur.

Elle est dangereuse.

Dominante.

Sa maîtresse.

Dans une main, elle tient un long aiguillon utilisé dans des temps barbares pour faire avancer le bétail à coups de décharges électriques, et, dans l'autre, une arme à feu également d'un autre temps qui laisse supposer un héritage du siècle dernier, pistolet d'une autre guerre.

— Allons, Todd, sois sage maintenant ! déclare-t-elle d'une voix étrangement sereine au vu des circonstances.

Puis elle adresse un signe de tête à Gus pour l'inviter à terminer ce qu'il a commencé.

— Ne t'en fais pas, mon chéri, on va s'occuper d'eux ! lance Miss Granger, la vieille épicière de Tilsville.

CONFESSIONS

Pleine lune

Gus hésite malgré ses encouragements.

— Eh bien ! Qu'est-ce que tu attends ? Tire ! s'exclame Miss Granger en mettant la louve en joue avec son arme de poing. C'est elle ! poursuit-elle, sévère, avant de tirer le chien du pistolet. C'est cette fille qui rend mon Todd fou !

La louve recule brusquement. Elle bat en retraite, mais, derrière elle, le mâle est toujours là, sans oser bouger. Vicieux, il attend la meilleure occasion… Celle-ci surgit sans prévenir sous la forme des phares d'un 4×4 qui vrombit sur le chemin.

— Qu'est-ce que c'est encore !? s'insurge Miss Granger en voyant débarquer le véhicule.

La vieille femme pousse un juron en se retournant. Son pistolet, elle ne prévoit de l'utiliser qu'en dernier recours : elle préfère que le jeune Garibaldi tue sa petite copine sans se douter de rien et ainsi le tenir afin de l'obliger à garder le secret sur son Todd. Mais ses plans viennent à l'instant de voler en éclats avec l'arrivée de…

Tal ouvre la portière du conducteur pour en sortir à une vitesse qui ne devrait pas être possible dans son état de santé. L'adrénaline compense. Le soulagement aussi, lorsqu'il découvre Ambre en vie au milieu de ce théâtre sanguinaire orchestré par cette folle…

— Vous ? lâche-t-il, contrarié de n'avoir rien suspecté auparavant. Comment… comment avez-vous pu ?

Miss Granger esquisse un sourire froid, glacial.

— Ne joue pas les étonnés, Montaigne ! Tu y as échappé une fois avec ta femme… D'ailleurs, puisque les masques tombent ce soir, j'en profite pour te remercier, vieux bouc. En la tuant à l'époque, tu nous as évité une sacrée corvée !

En réaction, Tal se penche pour attraper son arme glissée dans la portière.

Détonation.

Miss Granger vient de tirer en l'air.

— Pas un geste de plus, sinon la prochaine est pour toi ! menace-t-elle.

Talbert obéit. La vieille ne plaisante pas. Il le comprend vite. La folie brille dans ses yeux. Elle est prête à tout pour protéger… son mari. Les pièces du puzzle s'assemblent une à une.

Miss Granger a tout organisé. Sous son apparence vulnérable se cache en réalité un autre genre de monstre. Elle n'a pas hésité à utiliser les faiblesses de Tilsville et les secrets de ses habitants lorsqu'ils commettaient l'erreur de venir se confier à elle. Des années de mainmise sur ses concitoyens, leurs vices, désirs ou caprices, en les aidant ou au contraire en exigeant des services en retour.

La même scène se serait sans doute déroulée quelques années plus tôt si l'épouse de Talbert n'était pas morte. La rivalité entre loups-garous avait certainement repris lorsque Ambre avait connu sa première mutation. Miss Granger avait dû s'apercevoir d'une différence de comportement chez celui qu'elle chérit… Son Todd. Un tueur qu'elle a choisi de libérer plusieurs fois en le prenant en pitié.

La vieille femme demeure impassible, son arme pointée sur le trouble-fête. Elle s'apprête à mettre un terme à cette mascarade. Tant pis pour Talbert et le fils de la serveuse, ils seront des dommages collatéraux! Comme à son habitude, elle fera appel à Mortimer pour nettoyer ce chantier. Elle lui donnera plus d'argent. Il la bouclera…

Chance.
Espoir.
Saisir l'occasion.
Oublier la femelle pour bondir.
Se souvenir de la douleur et du mal causé.
C'est elle qui lui a fait mal.
Elle l'empêche. Ordonne.
Le frappe sans cesse.
Lui dit qu'il est méchant.
Lui veut seulement chasser.
Le sang.

La louve-garou sent qu'un nouveau drame se noue. Elle devine ce que l'autre compte faire et tente de lui couper la route. La nouvelle venue lui doit trop d'explications pour s'en tirer ainsi. Elle mérite de…

Le loup vient de bondir. Miss Granger sursaute. Elle qui pensait avoir tout planifié n'a pas envisagé ce retournement de situation. Mais le loup n'a aucun scrupule à manger la main qui le nourrit.

— Todd ? NOOON ! hurle-t-elle. Nooon ! Arrête ! Todd…

Talbert détourne les yeux, écœuré. Il n'a jamais souhaité que ça finisse comme ça. Personne ne mérite une mort pareille, même après avoir causé autant de souffrances…

Plonger les crocs.

Déchirer la chair.

Plaisir.

Vengeance.

La faire taire.

Pour toujours.

Le loup-garou se repaît. Au travers d'un regard, même la femelle semble lui reprocher cette sauvagerie à l'état pur. Un spectacle ignoble, digne du Pandémonium. Gus lâche son arme et s'enfuit en courant à travers bois.

Gabriel gémit. Il ne comprend rien.

Il a mal. Sa main tient le carreau d'arbalète fiché dans son épaule. Le sang ruisselle entre ses doigts, mais il est toujours en vie. C'est ce qui attire l'attention du mâle. Il relève la tête, ses babines baignées du sang qui coule et tombe en grosses gouttes sur le sol. Heureux de pouvoir recommencer, saccager un autre corps.

La louve s'interpose.

Tue-le !

L'ordre d'Ambre est sans appel.

Les corps monstrueux s'entrechoquent à nouveau. Les grognements ne s'interrompent que pour mordre, les crocs claquent. Un hurlement résonne.

Tal essaie de viser, mais c'est trop risqué.

La louve parvient à se dégager. Elle recule. Ses pattes tremblent. Elle a mal.

Son sang se mêle à celui de l'autre.

Il est fort. Elle pensait pourtant…

La louve chancelle. Sa blessure est plus grave qu'elle ne l'a supposé. Elle est contrainte de se coucher. Le mâle se précipite pour l'achever.

Tal jure. Il grogne sans pouvoir appuyer sur la détente de son arme. Impossible de trouver un angle propice d'où il se trouve. Lorsqu'une première détonation retentit. Un avertissement.

Le loup s'immobilise.

Victoria le tient en joue. À peine descendue de véhicule, elle n'a pas hésité… Une larme coule sur sa joue tandis que son père la dévisage, hagard, mais soulagé qu'elle soit présente. Lui pardonnera-t-il un jour pour ce passé qui les torture tous les deux ?

La bête fait le mauvais choix et décide de reprendre son assaut.

Deuxième détonation.

Cette fois, le loup s'effondre. Il gémit comme s'il sentait déjà sa vie lui échapper. Il lutte et parvient à se relever au prix d'un effort surhumain. La louve l'imite, mais elle s'éloigne vers les ruines en boitant. Il voudrait l'achever, n'en a plus la force.

Un autre râle, plus court. L'animal enrage. Il voudrait achever le travail, mais la douleur est la plus forte. Il s'écroule à nouveau.

Violente.

Spasmes.

Hurler.

Convulser.

Sentir son corps se décomposer.

Bruits des os.

Se souvenir qu'on a été…

« Un homme timide mais charmant. »

Entendre une dernière fois la phrase de celle qui l'a aimé jusqu'à son ultime souffle.

Fermer les yeux.

Gémir.

La rejoindre.

La rouille. Les balles préparées par Talbert en sont truffées. Elles ont fait leur office. Todd Granger est mort.

— Il ne fera plus de mal à personne, lâche Tal.

— Vite ! s'alarme Victoria qui s'empare d'une trousse de secours dans le 4×4 et se précipite vers Gabriel.

C'est le mieux qu'elle puisse faire dans l'immédiat. Auprès de lui, au moins, elle pourra être utile en lui prodiguant les soins d'urgence.

La mère d'Ambre a peut-être tué le loup-garou, mais elle ne se sent pas la force d'affronter le regard de sa propre fille comme son père semble l'inviter à le faire.

— Pas maintenant, pas dans cet état, répond-elle. Je… je ne peux pas…

Pourtant, elle savait. Elle a toujours su, et a même veillé sur elle durant les deux nuits où Ambre pensait rester seule dans le chalet. En fait, sa mère a toujours été là. Présente. Sur la défensive, comme une mère est capable de l'être, inarrêtable.

— Comme tu veux, soupire Tal en posant son arme sur le capot de la voiture.

D'une certaine façon, il comprend sa fille. C'est dur. Très.

Alors, comme à son habitude, il se résigne.

Il s'avance dans les ruines à la recherche de celle qu'il verra toujours comme sa petite-fille. Son cœur se serre lorsqu'il la trouve blottie sous un pan d'escalier brisé. La louve gémit.

Mordre ?

Mmm… Arrête, tu ne pourrais pas mordre un papillon dans ton… dans notre état ! rectifie la voix intérieure d'Ambre en grinçant de douleur.

Odeur.

Parfum.

C'est le gardien. Celui derrière la porte.

Il n'est pas si méchant et elle le laisse poser la main sur elle avant de grogner.

Menacer de mordre et ne pas l'autoriser à toucher les blessures.

Avoir la vue brouillée.

Regarder une dernière fois la lune.

Rêver de courir un jour en liberté.

Promesse.

Entendre :

— Ne bouge pas, ma chérie, on est là !

Ambre s'évanouit.

*

Au loin, la battue s'achève.

Les volontaires, hommes et femmes, rentrent fourbus, mais amusés. Ils n'ont rien trouvé mais se sont bien marrés, surtout quand Marty, le garagiste de Tilsville, est tombé dans un parterre de bouses.

Rigolades.

Insouciance. Ou pas.

En tout cas, les sourires sont de mise, entre deux bâillements.

Le maire est de la partie. Il dirige indirectement les festivités au côté de l'inspecteur Foster. C'est Miss Granger qui lui a demandé de gérer la police.

— Il ne faudrait pas qu'on vote pour quelqu'un d'autre, l'a-t-elle prévenue lors de leur dernière discussion.

Il maudit cette vieille garce à demi-mot. Mais pas trop fort. Elle serait capable de l'entendre !

Un regard vers le ciel. La lune commence à s'évaporer. Au loin, dans le groupe, quelqu'un propose de préparer une soupe à l'oignon. Les gens acceptent. Le chalet de Talbert est désigné comme point de rendez-vous. Le vieux est parti chez sa fille, c'est l'occasion de squatter devant sa porte, de lui soutirer du bois dans son appentis pour un feu de camp et de bavarder entre citadins venus s'encanailler en menant une traque au fantôme.

Le maire grimace. Il faut que ce bazar s'arrête, et vite. Là-haut, on risque de lui demander des comptes un jour ou l'autre. Heureusement, elle lui a juré que tout allait rentrer dans l'ordre dès demain.

Miss Granger tient toujours ses promesses, tout le monde sait ça…

SECRETS

Un jour avant la pleine lune

— Ça va ?

Gabriel s'est trahi en voulant bouger le bras. La douleur d'une cicatrice encore jeune l'a rappelé à l'ordre.

— Encore quelques semaines avant que ce soit de l'histoire ancienne, lui a dit le chirurgien. La prochaine fois, tu y réfléchiras à deux reprises avant de chasser le chevreuil avec tes copains !

Claire avait été plus difficile à convaincre. La mère de Gabriel est toujours sceptique à propos de leur mésaventure : une partie de chasse improvisée entre potes du lycée pour aider ceux qui se livraient à une battue de l'autre côté de la forêt ? Pas très plausible.

Mais Claire a choisi de faire comme si de rien n'était. Principalement en raison de l'attitude de son fils, dont l'humeur a changé du tout au tout. Elle a rarement vu Gabriel aussi épanoui que ces derniers jours, et ce, malgré son « accident ». Décidément, cette fille semble avoir une bonne influence sur son fils. Tant mieux.

Ils ont eu l'occasion d'en discuter lorsqu'elle a été invitée à dîner chez les Montaigne la semaine dernière. Elle n'a pas feint sa surprise de revoir ce vieux bûcheron à l'air renfrogné avec lequel elle a conversé un soir, peu après leur arrivée dans la région.

— Le monde est petit, a souri Charles.

Il a la sensation d'avoir loupé un épisode en constatant que son beau-père revient dans leur vie comme un cheveu sur la soupe. Le père d'Ambre s'est promis d'en parler à sa thérapeute, qu'il consulte depuis quelques semaines pour remédier à la crise de confiance dans leur couple.

— Content de retourner en cours ? demande Ambre en observant Gabriel, occupé à faire semblant de préparer son sac comme si cette tâche était la plus facile de l'univers malgré son bras en écharpe.

Pour elle, la guérison a été plus rapide. Il faut bien que son état lui donne quelque avantage en échange de toutes ces épreuves…

— Je crois…, finit par répondre Gabriel avant de lever le regard vers elle. On ira ensemble ?

— Bien sûr ! dit-elle en s'approchant avec une mine joueuse.

— Arrête de faire ces yeux, lui reproche-t-il aussitôt. Tu sais très bien que…

— Quoi ? Que tu ne peux pas me résister ? ricane-t-elle avec l'intention d'alléger l'atmosphère.

— C'est ça, réplique-t-il en essayant de la prendre dans ses bras tant bien que mal, non sans une grimace supplémentaire. N'empêche que ces yeux-là, je les reconnaîtrais n'importe où…

— J'avoue, admet Ambre en réprimant sa part animale qui tente une protestation.

Écœurant… Pitié…

Je peux en dire autant quand tu passes à table, ma chère, répond-elle intérieurement.

Mordre ?

Peut-être !

Elle s'esclaffe soudain à voix haute.

— Euh… on peut savoir ce qui te fait marrer tout à coup ? s'inquiète Gabriel.

Nouveaux rires.

Oui, ils sont heureux. Gabriel aurait pu rejeter sa petite amie en découvrant la malédiction qui la frappe. Il n'y a pas pensé une seconde et s'est d'ailleurs tout de suite proposé de veiller sur elle les nuits de pleine lune. Il a été rabroué par Tal, qui revendique ce droit de manière non négociable.

Le garçon sourit.

Ambre aussi. Pas forcément pour les mêmes raisons, bien qu'elles s'accordent quelque part.

Elle se sent soulagée d'avoir eu cette longue discussion avec sa mère, qui a enfin pris sur elle pour lui raconter ce qui s'était passé cette nuit-là…

Sa grand-mère n'a pas connu la chance de pouvoir communiquer avec sa part animale. Certes, la jeune fille a encore beaucoup à apprendre en ce domaine, mais il s'annonce moins sombre à ses yeux, malgré une pensée fugace pour Gus qu'elle réprime aussi sec en s'en voulant toujours de n'avoir rien soupçonné. Comment a-t-elle pu être idiote au point de ne pas voir qu'il croyait que quelque chose était envisageable entre eux ? Il était son ami. Ambre a refusé de lui parler lorsqu'il est parti de la ville, en espérant qu'il tienne sa langue à son sujet.

Victoria a conclu leurs confidences en serrant sa fille chérie dans ses bras.

— Je suis désolée, a-t-elle dit sans savoir par où commencer. Je n'ai jamais trouvé la force… Tant de fois, j'ai voulu te dire… que j'étais là.

— Je comprends… maman…

— Ton grand-père m'en voulait tellement, mais sans doute pas autant que je m'en voulais… Ma mère… ta grand-mère, avait rectifié Victoria, était quelqu'un de bien, mais cette nuit-là, on ne sait pas vraiment comment ça s'est produit… Tal pense que c'est l'acier de la chaîne, elle s'est échappée et je crois qu'elle aurait fait exactement la même chose que Granger avec sa femme…

— Tu penses qu'elle aurait tué grand-père ?

— Je l'ai cru… Mais maintenant, après ce qui s'est passé… Peut-être qu'elle aurait pu se maîtriser comme toi tu parviens à le faire ?

Ambre n'a pas répondu. Elles ne le sauront jamais, mais elle a serré plus fort sa mère dans ses bras pour lui manifester son soutien. Un élan dont elles se sont jusque-là beaucoup trop privées.

Victoria aurait aimé lui en dire plus, lui confier qu'elle s'en voulait de ne pas pouvoir prendre son mal à sa place, mais, parfois, il y a des choses qu'il vaut mieux taire, garder pour soi.

*

Un peu plus tard dans la journée, Ambre et Gabriel sont installés sur le banc d'un square en plein centre-ville. Là où la vie s'écoule, paisible, si toutefois on prend soin de ne pas se mêler des affaires des autres... Dans le cas contraire, le quotidien peut révéler quelques surprises, comme par exemple :

Rex qui ne concédera jamais être passionné de tricot au point d'avoir un dressing rempli de pulls plus moches les uns que les autres, cette passion totalement incompatible avec son métier de tenancier de bar.

Le professeur Flow – Romuald Sheep de son vrai nom –, recherché aux États-Unis pour escroqueries, fraudes et détournement de fonds publics. Ce sont les époux Granger qui l'ont aidé à s'installer à Tillsville en lui fournissant de faux papiers pour un nouveau départ – payables en de nombreuses mensualités.

Mortimer, quant à lui, en vient à regretter sa place de commis épicier. Il y avait moins de soucis à l'époque bénie où Todd ne sortait guère. Le crématorium tourne à plein régime depuis des mois, on se demande pourquoi... Mais cette fois, le ménage a été fait, et on ne l'y reprendra plus avant un moment !

De son côté, le maire – Rob Stanton – offre toujours des fleurs à son épouse lorsqu'il rentre de chez Martha Helm, avec laquelle il entretient une liaison depuis trois ans. La pauvre est toute retournée et a besoin d'être consolée depuis que son fils est parti en maison de repos à force d'hallucinations.

Et ce matin même, l'inspecteur Foster vient d'ouvrir un nouveau dossier. La disparition soudaine de Dolorès, la serveuse de chez Rex, le tracasse, et il trouve les explications sur son départ assez floues. Il l'aimait bien, cette fille, et pensait avoir sa chance.

Gus, lui, est parti en France, où il essaie d'oublier. Une cousine germaine l'accueille depuis qu'il s'est inscrit à la fac pour étudier l'anthropologie… Dans son cours, il y a cette fille dont il ne parvient pas à prononcer le nom. Il la trouve jolie et gentille. Elle ne le juge pas, c'est un bon début…

Quant au proviseur Pliks, tous les soirs, il prend une tisane face à sa mère… assise momifiée dans son rocking-chair où elle est morte de diabète il y a six mois. Le pauvre ne parvient pas à la quitter.

La liste est encore longue.

Les secrets sont des gangrènes. Ils vous dévorent peu à peu de l'intérieur.

Ambre va devoir apprendre à cohabiter avec les siens. Elle n'est pas seule, sa louve l'accompagne – force de la nature qu'elle accepte d'écouter.

Elle embrasse une dernière fois Gabriel.

— Déjà ?

— 'Faut que j'y aille… Tu sais bien…

— Je déteste la pleine lune ! Avant, elle me détraquait, je me sentais obligé de sortir pour passer mes nerfs comme si j'allais exploser dans notre appart'… Alors maintenant, rien que de savoir, imagine !

L'adolescente lui pose un doigt sur les lèvres pour l'obliger à se taire. Puis elle lui lance, avant de s'éloigner :

— T'inquiète, « on » gère !

En effet, ils sont là… Tal, ses parents, et celui qu'elle vient d'embrasser. Ambre enfourche son vélo et pédale jusqu'à la sortie de la ville.

C'est dans cette forêt que, cette nuit, elle ira courir tout son soûl, prête à dévorer le monde, à moins que…

Bienvenue à Tilsville !

À propos de l'auteur

Pascal Brissy écrit dans tous les univers qui lui plaisent, où il navigue au gré des envies de ses personnages.

Son seul objectif? Partager, transmettre ses histoires, et en discuter avec vous!

Retrouve
d'autres aventures palpitantes
aux éditions Auzou

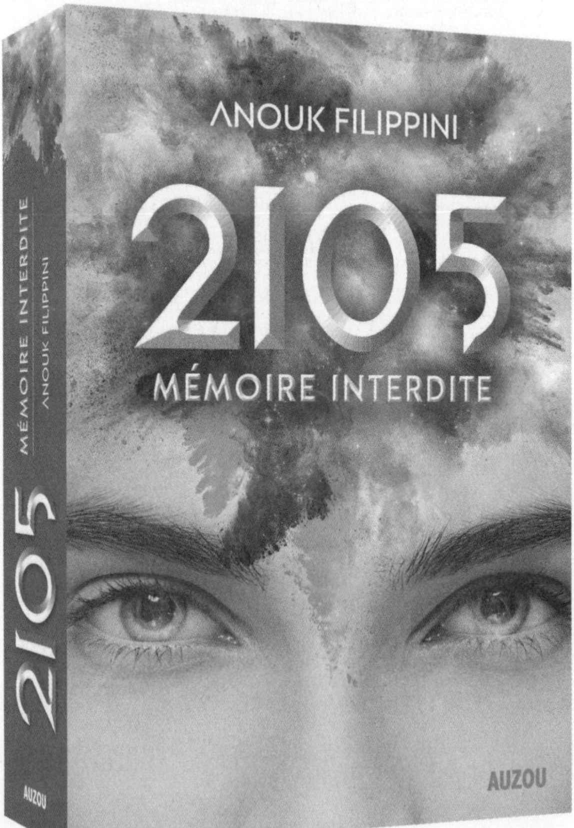

Une dystopie sur le thème
de la mémoire et de la manipulation.

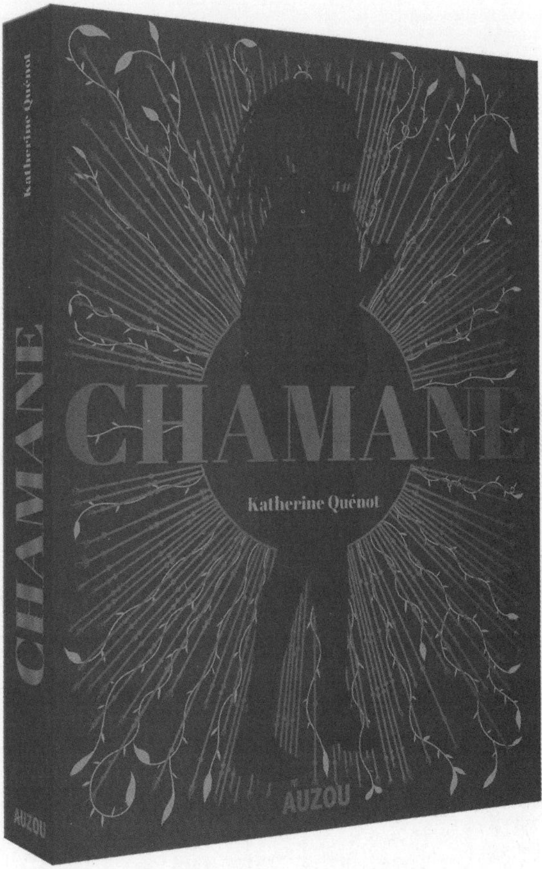

Une aventure envoûtante,
où la limite entre fantastique et réalité
se fait toujours plus ténue.

Les hommes sont de retour…
… mais la Terre a changé.